KB113822

땅잡은 남자

무람 장편 소설

FUSION FANTASTIC STORY

땡잡은 남자 1

무람 장편 소설

초판 1쇄 찍은 날 § 2014년 12월 4일
초판 1쇄 펴낸 날 § 2014년 12월 11일

지은이 § 무람
펴낸이 § 서경석

편집부장 § 권태완
편집책임 § 한준만

펴낸곳 § 도서출판 청어람
등록번호 § 제387-1999-000006호
등록일자 § 1999. 5. 31
어람번호 § 제1-1994호

주소 § 경기도 부천시 원미구 부일로 483번길 40 서경B/D 3F (우) 420-822
전화 § 032-656-4452 팩스 § 032-656-4453
http://www.chungeoram.com
E-mail § chungeorambook@daum.net

ⓒ 무람, 2014

ISBN 979-11-04-90011-2 04810
ISBN 979-11-04-90010-0 (세트)

땅잡은 넝쿨

무람 장편 소설

FUSION FANTASTIC STORY

1

청어람

CONTENTS

땅잡은 남자

무람 장편 소설

FUSION FANTASTIC STORY

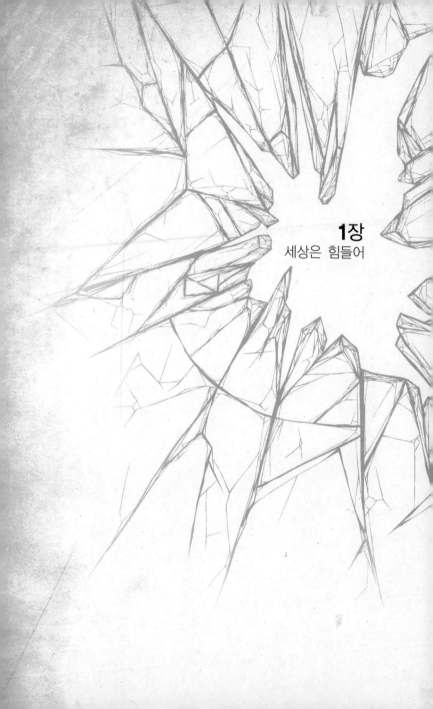

1장
세상은 힘들어

그는 오늘도 힘들게 하루를 마치고 작은 집으로 가고 있었다.

터벅터벅.

한 발자국 걷기도 힘들 정도로 온몸이 지쳐 있었다.

어깨에는 작아 보이는 가방을 메고 있었는데 누가 보아도 학생은 아니었다.

남자는 이십 대 중반의 나이에 고생의 흔적은 있지만 그리 못나 보이지는 않은 얼굴을 하고 있었다.

그는 무언가 아련한 그리움이 가득한 그런 눈빛을 하며

언덕 위를 보고 있었다.

그런 남자의 눈에 조금이지만 반가움이 나타났다.

"오빠!"

남자를 반기는 반가운 음성의 주인공은 아주 귀엽게 생긴 여자아이였다.

"수진아, 오빠 기다렸어?"

"응, 오빠가 올 시간이 되어서 기다리고 있었어."

동생의 대답에 얼굴이 환해지고 있었다.

남자는 25살의 정지혁이었고 그의 여동생은 중학교 3학년의 정수진이었다.

두 남매가 이렇게 사는 기간도 벌써 3년이 되어 가고 있었다.

아버지의 사업 실패로 인해 비관하시던 부모님은 모두 사고로 돌아가셨고, 단둘이 남게 된 남매는 오빠인 지혁이 힘들게 일을 해서 어떻게든 살아가고 있는 중이었다.

하지만 세상은 지혁이 열심히 하려고 하여도 도움을 주지 않았다.

설상가상으로 지혁은 학벌도 고졸이라 그런지 취업이 힘들었다.

간신히 구한 고깃집 알바는 오늘부로 그만두게 되었다. 손님이 실수를 하였는데도 그 잘못을 모두 지혁이 지게 되어 잘린 것이다.

"사장님, 제가 실수를 하지도 않았는데 그만 두라고 하시니 억울합니다."

"억울하면 다른 곳으로 가면 되잖아."

사장은 지혁의 어떤 점이 마음에 들지 않는지 평소에도 지혁을 그리 달갑지 않게 여기고 있었는데 마침 손님과 언쟁이 생기자 기회라고 생각했는지 지혁에게 그만두라고 하였다.

오늘은 지혁을 좋게 생각해 주시는 사장의 어머니도 나오지 않는 날이라 지혁은 결국 고깃집에서 잘리고 말았다.

"정말 더럽고 치사해서 내가 돈을 벌고 만다."

지혁이 입에 고인 침을 뱉으면서 갈비집을 나오게 된 사연이었다.

그는 아무리 힘이 들어도 동생의 앞에서는 언제나 밝은 얼굴을 하려고 노력했다.

동생이 자신 때문에 걱정하게 만들 수는 없었기 때문이다.

"수진아, 그만 들어가자."

"응, 오빠."

수진은 오빠인 지혁을 참 잘 따랐다.

부모님의 사고 이후로는 믿을 사람이 오빠밖에 없다는

사실을 인지하고 있는지 지혁을 많이 의지하고 있었다.

지혁은 비록 지하 단칸방이지만 수진과 함께 불편하지 않게 살아가고 있었다.

지혁은 수진이 다른 길로 빠지지 않고 저렇게 착하게 커 주는 것이 내심 고마웠다.

'우리 수진이가 착하기는 하지.'

지혁은 흐뭇한 얼굴을 하며 동생인 수진을 보며 걸어갔다.

방에 들어가자 수진이 이미 식사를 준비하였는지 밥상이 준비되어 있었다.

"오, 우리 수진이가 오빠를 위해 식사를 준비했네?"

"응, 오빠가 항상 고생하니 내가 그런 오빠를 위해 준비했지, 에헴."

수진은 지혁을 보며 나름 폼을 잡고 있었다.

그런 수진을 보면 항상 마음이 행복한 지혁이었다.

"하하하, 그래, 수고했어. 그럼 우리 수진이가 준비한 식사를 먹어볼까?"

수진은 오빠인 지혁이 자신 때문에 고생을 하는 것이 항상 마음에 걸렸기에 이렇게라도 해야 마음이 편했다.

아직 자신이 학생이기 때문에 오빠에게 도움을 주지 못하고 있다는 것이 수진에게 항상 마음의 부담이 되었다.

수진이 그런 말을 할 때면 지혁은 그런 그녀를 달래주며 공부에 전념하라는 말을 하였기에 수진도 오빠인 지혁에게 실망을 주지 않으려고 열심히 공부를 하고 있는 중이었다.

물론 공부를 하면서 간간히 이렇게 식사를 준비하는 일 정도는 했지만 말이다.

지혁도 수진이 식사를 준비하는 것에 대해서는 별다른 말을 하지 않았다.

공부도 중요하지만 자신을 위해 동생이 이러는 것을 알고 있어서였다.

평소 지혁은 수진이 방도 없이 홀로 저렇게 열심히 공부하는 모습을 보며 마음이 좋지는 않았지만 지금 자신의 능력으로는 다른 방법이 없었다.

'수진아, 오빠가 무슨 일이 있어도 너를 대학까지는 보내줄게. 그래야 돌아가신 부모님에게 오빠가 떳떳할 수가 있을 것 같아서 그런다.'

과거 지혁에게는 좋지 않은 친구들과 어울리던 때가 있었다.

싸움도 많이 했는데, 수진이가 어렸을 때에는 학교에서 주먹으로 제법 이름을 얻을 정도로 싸움에 일가견이 있었다.

그런 지혁이 마음을 고쳐먹은 이유가 바로 수진이 덕분이었다.

지혁이 나쁜 짓을 하고 다니기는 했지만 동생인 수진이만큼은 끔찍이 챙기고 있었는데 수진이의 입원을 계기로 지혁이 정신을 차린 것이다.

비록 공부를 하지 않아 대학도 가지 못했고, 맨날 싸움만 하러 다녔던 개차반 같은 인생이기는 하지만 그래도 가족들에게는 항상 잘하려고 노력하는 사람이 바로 지혁이었다.

부모님의 사업 실패로 인해 결국 지금과 같은 처지가 되기는 하였지만 그래도 동생을 위해 자신이 할 수 있는 일은 최대한 하려고 노력하고 있는 중이었다.

부모님이 고아 출신이었기 때문에 지혁에게도 일가친척이 없었다. 수진이 유일한 가족이었다.

"오빠, 어서 먹어."

지혁이 멍한 얼굴로 있는 것을 보고는 수진이 어서 먹으라고 해주었다.

"어, 그래, 같이 먹자."

수진과 지혁은 그렇게 즐거운 식사를 하였다.

비록 찬이 그리 많지는 않지만 그래도 두 남매는 맛있게 식사를 하였다.

식사를 마치고 수진은 상을 치웠고 지혁은 담배를 피우기 위해 밖으로 나가고 있었다.

동생인 수진이 담배를 피지 말라고 했지만 지혁이 다른 말은 다 들어주는데 담배만큼은 이상하게 끊어지지가 않았다.

"오빠, 담배 너무 많이 피우지 마. 건강에 좋지 않는 것을 왜 그렇게 피는 거야?"

수진은 지혁이 나가려고 하자 그렇게 말을 했다.

"하하하, 수진아, 오빠가 다른 거는 모르지만 담배는 이상하게 힘드네. 그냥 이해를 해줘. 나갔다 올게."

밖으로 나온 지혁은 주머니에서 담배를 꺼내 입에 물었다.

라이터로 불을 붙이면서 지혁은 담배를 강하게 빨았다.

"후우, 식후 연초는 참 좋단 말이야."

지혁은 그렇게 중얼거리며 내일부터는 조금 무리를 해서라도 일자리를 알아봐야겠다는 생각을 하였다.

"인터넷으로 찾으면 쉬운 텐데, 이거 컴퓨터를 사야 하나?"

지혁은 아직도 집에 컴퓨터 없이 살고 있었다.

컴퓨터가 없어서 지금까지 핸드폰으로 인터넷을 사용하고 있었지만 요즘은 수진이 공부하는 것을 보면서 컴퓨터가 필요하다는 생각을 하게 되었다.

먹고 사는 것에도 빠듯해서 아직까지 장만하지 못했지

만, 지금이라면 알바하면서 모은 돈이 있으니 중고라면 가능할 것 같아 하는 생각이었다.

"수진이를 위해서라도 내일 당장 알아보자."

지혁은 결국 수진이를 위해 무리를 하기로 결정을 내렸다.

다음 날 수진은 일찍 학교를 갔고 지혁은 조금 늦은 시간에 일어났다.

아침이라 밥은 별로 생각이 없어 간단하게 세면만 하고 핸드폰을 들었다.

―여보세요?

"저기, 중고 컴퓨터 광고를 보고 연락드리는 겁니다."

―아, 중고 컴퓨터를 구매하시려고요?

지혁은 핸드폰으로 중고나라에 있는 선전을 보고 연락을 하였다.

가격도 그리 비싸지 않고 성능도 괜찮아 보였다.

"그런데 광고 그대로의 성능인 거지요?"

―예, 있는 그대로 올려놓은 겁니다. 그런데 택배로 보내면 고장이 날 수도 있는데 어떻게 할 겁니까?

지혁도 컴퓨터를 택배로 보내게 되면 잔 고장이 심하다는 이야기를 들었기에 오늘 자신이 직접 그쪽으로 갈 생각이었다.

"제가 만나서 직접 가지고 올 생각입니다."

―아, 그러세요? 그러면 제가 약도를 문자로 보내드릴게요. 오실 시간을 말해 주세요.

소비자와 직거래를 하는 곳이라 서로가 속이려고 하면 전문가가 아닌 이상 속을 수밖에 없었지만 말투를 들어보니 그런 사람으로 보이지는 않았다.

"알겠습니다. 오늘 만났으면 하는데 오후 2시 정도면 어떤 가요?"

―오늘은 저도 자리를 지키고 있으니 언제든지 상관이 없습니다.

"그러면 약도를 보내주세요. 2시에 도착하는 것으로 하겠습니다."

―그렇게 하지요.

지혁은 그렇게 약속을 하고 통화를 마쳤는데 이미 준비를 하고 있었는지 문자가 바로 왔다.

띵똥.

"허, 빠르네."

지혁이 문자를 확인하니 그리 멀리 가지 않아도 될 정도의 거리여서 다행이라고 생각했다.

컴퓨터를 사면 자신이 들고 와야 하는데 가까운 곳이라

그리 고생하지 않아도 될 것 같아서였다.

인터넷도 바로 신청했다. 오늘 오후에 와서 해주겠다는 인터넷 기사의 말을 듣고는 시간 약속을 미리 해두었다.

지혁은 사전에 준비를 모두 마치고는 컴퓨터를 사기 위해 나갔다.

전철을 타고 약속 장소로 찾아 가는 지혁은 길거리에 있는 많은 사람들이 저마다 분주하게 움직이고 있는 것을 보고는 참 다양한 사람이 세상을 구성하고 있다는 생각을 하게 되었다.

"저렇게 많은 이들이 각자의 일을 하고 있는데 나는 무엇을 하는 걸까?"

지혁은 많은 이들이 저렇게 열심히 다니는 것을 보니 자신이 한심하다는 생각이 들었다.

남들은 직업을 구해 일하고 있는데 자신은 아직도 알바에서 벗어나지 못하고 있으니 말이다.

지혁은 잠시 자신을 생각하다가 지금 그런 것이 중요한 것이 아니라는 생각에 가는 길을 서둘렀다.

하지만 지혁의 잠재적인 정신 속에서는 자신의 못남을 탓하고 있는 중이었다.

컴퓨터를 사기로 한 장소에 가니 상대는 이미 도착해 있었다.

"정지혁 씨인가요?"

"예, 맞습니다."

지혁은 자신의 이름을 부르는 사람이 바로 물건을 파는 사람이라는 것을 알았다.

"여기 가지고 왔으니 확인해 보세요."

지혁은 컴퓨터를 보았다.

안은 확인하지 못했지만 겉은 그리 나쁘지 않다는 생각이 들었다.

"괜찮네요. 안은 모르겠지만요."

"하하하, 속이지는 않으니 걱정하지 않으셔도 됩니다. 안에 성능은 말씀드린 그대로 입니다."

중고라고는 하지만 자신은 처음으로 컴퓨터를 사는 것이다.

솔직히 컴퓨터에 대해서 아는 것이 그리 많지 않았기에 상대가 속인다면 지혁은 당할 수밖에 없었다.

그래도 인상을 보니 남을 속일 정도는 아니라고 판단이 들어 컴퓨터 본체와 모니터만 확인하고 지혁은 바로 돈을 주었다.

"잘 사용하시기 바랍니다."

상대는 그렇게 인사를 하고는 빠르게 사라졌다.

지혁은 컴퓨터 본체와 모니터를 들고 다시 집으로 출발

했다.

비록 버스를 타고 가는 길이지만 아직 오후라 사람들이 많지는 않아 지혁도 힘들지 않게 올 수가 있었다.

복잡한 곳에서 물건을 들고 가려면 서로가 힘들었기 때문이다.

집에 도착한 지혁은 컴퓨터를 보며 자신도 모르게 입가에 미소를 지었다.

"이제 우리 수진이도 컴퓨터가 있으니 좋아하겠네."

수진이는 집에 컴퓨터가 없어서 그동안 친구의 집에 가는 일이 많았는데 이제는 그러지 않아도 되었기에 지혁은 만족한 얼굴을 하였다.

오늘 인터넷을 연결할 기사가 온다고 하였는데 아직 약속한 시간이 되지 않아 지혁은 편하게 기다렸다.

기분이 좋으니 마음도 편안해지는 지혁이었다.

수진이 학교를 마치고 집에 와서 컴퓨터를 보고 놀라는 모습을 생각하니 지혁은 자신도 모르게 입가에 미소가 그려지고 있었다.

저녁이 되자 수진은 빠른 걸음을 하며 집에 도착했다.

문을 열고 안으로 들어가니 오빠인 지혁이 있는 것을 보고는 조금 놀란 얼굴을 하였다.

"오빠가 오늘은 어쩐 일로 집에 있어?"

수진은 항상 오빠인 지혁이 늦은 시간까지 일하고 오는 것을 알고 있기에 하는 말이었다.

　그러다가 오빠의 뒤에 있는 처음 보는 물건을 보게 되었다.

　"어, 저게 뭐야? 컴퓨터네?"

　수진이 놀란 눈을 하며 컴퓨터를 보는 모습에 지혁은 자신의 예상대로라는 생각을 하며 웃고 말았다.

　"하하하! 우리 수진이를 위해 오빠가 준비했는데, 마음에 들어?"

　수진은 오빠인 지혁이 자신을 위해 컴퓨터를 샀다는 것을 알고는 눈에 눈물이 고이려고 하였다.

　"으앙, 오빠."

　수진은 지혁의 품에 안기면서 그만 울음이 터지고 말았다.

　수진은 정이 많아 그런지는 몰라도 자주 우는 모습을 보여주었는데 그럴 때마다 지혁은 그런 수진을 항상 사랑스러운 눈길로 바라보며 달래곤 했다.

　"뚝, 좋은 선물을 받으면 우는 것이 아니라 웃어야지 그래야 오빠가 기분이 좋지 않겠어?"

　"흑, 뚝, 딸꾹. 오빠, 고마워. 흑흑."

　수진은 진심으로 오빠에게 고마움을 느끼고 있었다.

오빠가 얼마나 고생하는지를 수진도 잘 알고 있었고, 그렇게 고생해서 번 돈으로 컴퓨터를 사주었기에 수진은 너무도 고마웠다.

자신을 위해 고생만 하는 오빠에게 미안하기도 했고 말이다.

지혁은 남들은 다 사용하는 컴퓨터를 이제야 사주게 되어 동생에게 미안한 생각을 하고 있었으니 두 남매는 서로에게 미안한 감정을 가지고 있었다.

세상에 유일하게 남은 남매이고 어렵게 살아서 그런지 그 정이 남다르게 느껴졌다.

지혁의 다독거림에 수진은 울음을 그치고 오빠가 사준 컴퓨터로 갔다.

"오빠, 인터넷은 언제 연결한 거야?"

"오늘 와서 해주고 갔다."

"히히히, 이제는 친구들 집에 가지 않아도 되겠다. 오빠."

수진도 친구들에게 조금 미안한 마음을 가지고 있었다.

학교의 과제 중에는 가끔 인터넷으로 찾아야 하는 것들이 있었다.

그럴 때마다 친구의 집에 있는 컴퓨터를 사용하고는 했는데, 한두 번도 아니고 몇 번씩이나 되니 친구에게 미안했었다. 이제는 그러지 않아도 되니 수진의 마음은 행복했다.

오빠에게도 고마웠고 말이다.

수진의 그런 행복한 얼굴을 보니 지혁은 자신이 정말 잘 생각했다고 느껴졌다.

'수진이가 저렇게 행복한 얼굴을 하는 것을 보니 그동안 마음고생이 많았던 것 같네. 힘들어도 앞으로는 수진이가 필요한 것들은 사 주도록 해야겠다.'

지혁은 내심 그렇게 결심하고 있었다.

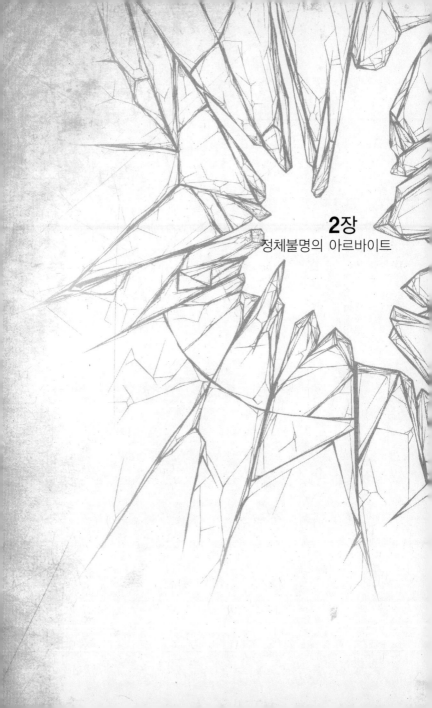

2장
정체불명의 아르바이트

두 남매는 컴퓨터 때문에 늦은 시간에도 잠을 이루지 못했다. 결국 수진이 먼저 잠을 자고야 지혁은 컴퓨터 앞에 앉을 수가 있었다.

지혁은 가장 먼저 구직 사이트에 들어가 일자리를 검색했다.

한참을 찾는데 그런 지혁의 눈에 이상한 글귀가 보였다.

병원에서 간호를 할 남자 구합니다. 하루 일당 십오만 원 드립니다.

기간도 명확히 나와 있지 않고, 일당이라고 명시되어 있는 것을 보아 오랫동안 할 수 있는 자리는 아닌 것으로 보였지만 지혁에게는 감지덕지한 자리였다.

"지금 바로 연락해야겠다."

지혁은 방금 올라온 글이라 자신이 가장 먼저 보았다는 생각에 급하게 연락을 하였다.

늦은 시간에 올라온 글이지만 구하기 힘든 조건이었고, 내용에 언제든 연락해 달라고 명시되어 있었기 때문에 지혁은 주저하지 않았다.

―여보세요?

"예, 구인광고를 보고 전화를 걸었습니다."

―아, 간호를 하는 것 말이지요?

"예, 언제부터 할 수 있는 건가요?"

―지금 오실 수 있으세요? 야간하고 주간이 있는데 주간은 이미 사람을 구했고 지금은 야간만 남아 있는데요.

지혁은 야간에 하는 일만 남았다고 하자 누군지 모르지만 참 빠른 인간이 있다는 것을 알았다.

'내가 가장 먼저 전화를 한 것이 아니네. 제기랄. 나도 주간에 하고 싶었는데.'

지혁은 혼자 속으로 그렇게 중얼거렸지만 야간에는 더

많은 돈을 준다고 하였기에 우선은 물었다.

"저기, 야간에는 얼마나 주나요?"

—야간은 10시부터 다음 날 8시까지 하고요. 일당은 20만 원을 드립니다.

"거기가 병원인가요?"

—병원은 아니고 일반 가정집입니다. 그래서 돈을 더 주고 사람을 구하는 거고요.

하기야 병원이라면 전문 간병인을 쓰지 자신과 같은 사람을 구하지 않을 것이라는 생각이 들었다.

늦은 시간에 오라는 것도 그렇고 냉정하게 보자면 수상한 구석이 많았지만 지금 그는 그렇게 따질 여건이 되지 못했다.

오늘 컴퓨터를 보면서 환하게 웃던 여동생을 생각하면 무슨 일인들 못할까? 하나뿐인 가족을 대학까지 보내고 보란 듯이 키우려면 한시라도 빨리 일자리를 구해야 했다.

지혁은 급한 마음에 위치를 물었고 바로 핸드폰으로 위치를 받게 되었다.

오늘부터 바로 일을 시작하기로 했기에 지금 출발해야 했다. 다행히 그의 집과 멀리 떨어져 있지는 않았다.

"수진아, 오빠 지금 나가야 하니 아침은 혼자 먹어야겠다."

지혁은 곤히 잠든 수진을 보며 그렇게 중얼거리고는 쪽지에 글을 남기고 집을 나왔다.

혹시 아침에 일어나서 걱정할까 봐 적어둔 것이었다.

다행히 아직 버스가 끊어지지 않은 시간이라 버스를 탈 수 있었다.

약속 장소로 가니 상당히 큰 집이 보였다.

근처에 다른 주택도 없고 외진 곳이라 조금 겁이 나기는 했지만 사람을 간호하는 일이고 이렇게 큰 집이라면 돈도 많이 받을 수 있을 것이란 생각이 들어 용기를 내 벨을 눌렀다.

띠리링!

─누구세요?

안에서 음성이 들리자 지혁이 바로 대답했다.

"아까 전화했던 사람입니다. 야간에 간호할 사람을 구한다고 해서 왔습니다."

─아, 들어오세요.

지이잉.

문이 열리자 지혁은 안으로 들어가게 되었다.

안으로 들어간 지혁은 앞에 보이는 정원을 가로질러 걸어갔고 문이 열리면서 한 여자가 나오는 것을 보았다.

"안녕하세요."

"어서 오세요. 안으로 들어와서 이야기해요."

지혁은 여자의 말을 듣고 여자를 따라 안으로 들어갔다.

거실에는 오십 대의 남자가 의자에 앉아 있었다.

여자는 지혁을 그 남자에게 데리고 갔다.

"사장님, 야간에 간병하실 분을 데리고 왔습니다."

여자는 남자를 보고 아주 정중하게 말을 하고 있었다.

"야간에 간병을 하려면 체력이 좋아야 하지 않나?"

남자는 지혁의 몸을 보고는 그런 말을 하였다.

그런 남자의 말에 거절당할 것 같자 지혁이 급히 입을 열었다.

"제가 몸이 이래도 건강과 체력은 타고나서 그런지 좋습니다."

지혁의 말에 남자는 묘한 미소를 지으며 그런 지혁을 보았다.

"체력에는 자신이 있다는 말인가?"

"예, 자신 있습니다."

"그러면 우선 검사를 하고 나서 결정하도록 하지. 불만이 있으면 지금 이야기를 하게."

남자의 말에 지혁은 검사를 왜 해야 하는지 몰랐지만 굳이 하지 않을 이유도 없었다.

"하겠습니다."

남자는 그렇게 말하는 지혁을 보고 웃으면서 말했다.

"가서 검사를 하고 확실하다면 내일부터 바로 간병을 하기로 하세."

"알겠습니다."

지혁은 내일부터 일을 할 수 있다는 생각에 남자가 하라는 검사에 응하기를 잘했다는 생각이 들었다.

처음 지혁을 안내했던 여자를 따라가자 뒤에 다른 건물이 있는 것을 볼 수가 있었다.

아마도 검사를 하는 곳이 저곳인 것 같아 보였다.

여자는 지혁은 그 건물로 데리고 가서는 약식으로 질문을 하였다.

"건강 검진을 받기 전에 우선 간단하게 질문을 할게요."

"예, 그러세요."

"우선 신분증을 주시고 가족사항을 말해 주세요. 여기는 신분이 확실한 분을 선호하니 말이에요."

지혁은 품에서 신분증을 꺼내 여자에게 주면서 간단하게 인적사항을 말해주었다.

"가족은 여동생 하나밖에 없습니다. 지금 중학교 3학년이고요. 부모님은 사고로 돌아가셨습니다."

"그 정도면 되었어요. 검사를 시작하지요."

여자는 지혁의 말을 듣고는 바로 검사를 하자고 하였다.

지혁은 간단한 조사라고 생각했기에 어떤 검사를 하는지도 묻지 않았다.

　그런 지혁을 데리고 여자는 조금 이상하게 보이는 연구실 같은 곳으로 갔다.

　"팔을 걷어 주세요. 간단하게 피 검사부터 할 거예요."

　"예, 알겠습니다."

　여자는 주사기를 들고 지혁의 팔에서 피를 뽑았다.

　"혹시 예방 접종을 한 것이 있나요?"

　"없는데요?"

　"간호를 하시는 분이 간염이 있는 분이라 예방을 해야 하니 우선 비형 간염접종을 할게요."

　간염 환자를 간호하는 일이라 돈을 많이 준다는 생각에 지혁은 바로 허락을 하였다.

　"그렇게 하세요."

　지혁은 여자가 하자는 대로 예방 접종을 하였는데 이상하게 정신이 나른한 것이 눈이 점점 감겨들고 있었다.

　"으음……."

　지혁이 쓰러지자 여자는 그런 지혁을 보며 차가운 미소를 지었다.

　"이번에는 제법 튼튼한 놈이 스스로 찾아왔네."

　무엇을 노리고 있는지는 모르지만 지혁의 몸을 보고 튼

튼하다고 하는 것을 보니 그리 좋은 일을 하는 이들은 아니라는 생각이 들게 했다.

지혁은 그런 사실도 모르고 정신을 잃어가고 있었다.

여자가 벨을 누르자 한 남자가 들어왔고 남자는 바로 지혁을 부축하여 어디론가 갔다.

이들은 현대판 인신매매범들이었는데 이들이 원하는 것은 건강한 남자의 신체였다.

이들은 그런 건강한 남자의 신체를 가지고 무언가를 연구하고 있었는데 불법적인 연구였기에 이런 편법을 사용하고 있었다.

지혁은 이들이 한국인이라고 알고 있지만 이들은 한국인이 아니라 일본의 연구원이었다.

이들은 지혁과 같이 젊은 남자를 고용한다고 선전을 하여 건강한 남자가 오면 지혁처럼 검사를 핑계로 기절시켰는데, 그렇게 기절한 남자들은 실험의 대상이 되었다.

이번에는 지혁이 재수 없게 걸려든 것이다.

호출된 남자는 그런 지혁을 건물 안 깊숙한 곳에 있는 침대에 두고는 다시 나갔고 지혁은 여동생을 생각하며 정신을 차리기 위해 사력을 다하고 있었다.

'여기는 정상적인 곳이 아닌 것 같으니 정신을 차려야 한다. 수진이가 나를 기다리고 있는데 이렇게 죽을 수는

없어!'

지혁이 그렇게 다짐하며 이를 악물었다. 노력의 대가였을까? 조금씩 정신이 돌아오며 눈을 뜰 수 있었다.

아직 몸은 정상이 아닌지 비틀거렸지만 지혁은 그런 몸을 질질 끌며 천천히 움직이기 시작했다.

문으로 보이는 곳으로 다가가 천천히 열고는 소리를 죽이며 이동을 하였다.

그런 지혁의 눈에 다른 문이 보였고 지혁은 그 문을 향해 걸음을 옮겼다.

어딘지는 모르지만 지금 자신이 있던 곳에서 무조건 벗어나야 한다는 생각만 가지고 움직이는 지혁이었다.

비틀거리며 지혁은 몇 개의 문을 지나쳐 어떤 곳으로 들어갔다.

그곳은 무언가를 연구하는 장소로 보였다. 그는 이름도 알지 못할 비싸 보이는 기계류와 약품들이 보였다.

지혁은 정신을 차려야 한다는 생각이 강하게 들었지만 이대로는 더 이상 버티는 것조차 힘들 것 같았다.

"으으으… 정신을 차려야 하는데… 수진이가 기다리고 있는데……."

지혁은 그렇게 동생인 수진을 생각하며 정신을 차리려고 하였지만 약 기운이 다시 강해지면서 지혁의 마음과는 다르게 몸에서 기운이 빠져나가고 있었다.

몸에 힘이 없어지자 몸을 기대기 위해 손을 휘저으면서 무언가를 잡으려고 했다. 그런데 그렇게 휘젓던 손이 어떤 액체가 담겨 있는 비커를 잡았고, 지혁은 그것을 당기면서 쓰러지게 되었다.

와장창!

요란한 소리가 나며 지혁은 쓰러졌고 액체는 지혁의 얼굴에 부어졌다.

"무슨 소리야?"

"연구실에서 나는 소리 같은데 어서 가서 확인해 봐."

몇몇 사람이 소란을 떨면서 연구실로 왔다.

그들은 자신들의 연구실에서 쓰러져 있는 지혁의 모습과 연구 중이던 약품들이 바닥에 떨어져 있는 것을 볼 수 있었다.

"아니, 이놈은 누군데 여기에 있는 거야?"

"어? 저놈은 저기에 눕혀두었는데 어떻게 여기 있는 거지?"

"저거 아직 연구를 마치지 않은 것인데, 저렇게 하면 어떻게 하자는 거야?"

연구원은 자신이 연구하려고 준비한 것들이 바닥이 쏟아져 있는 것을 보고는 화를 냈다.

이들은 그 실험물이 지혁의 몸속으로 투입되었다는 것을 눈치채지 못하고 있었다.

액체는 순식간에 지혁의 몸에 스며들었기에 흔적조차 남아 있지 않았다.

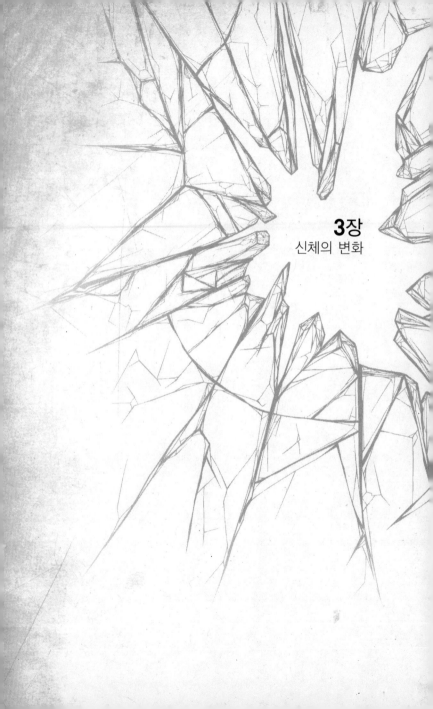

3장
신체의 변화

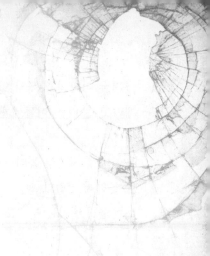

　지혁은 액체를 흡수하고 기절하는 바람에 자신의 몸에서 이상한 변화가 생기는 것을 몰랐다.

　그의 몸은 지금 혼돈 상태였다. 지혁을 기절시킨 약과 액체가 섞이면서 기묘한 변화를 보였고 그로 인해 지혁의 몸도 이상하게 변하고 있는 중이었다.

　우선은 지혁의 근육이 더욱 강화되기 시작했고 그 다음으로 두뇌에 영향을 주어 어떤 작용을 일으키고 있었다.

　아인슈타인의 뇌 회백질에는 일반인보다 많은 주름이 잡혀 있다고 한다.

지금 지혁의 뇌에서 일어나는 현상이 그와 비슷했다. 천재라고 불리는 이들에게나 볼 수 있는 뇌로 변하고 있었다.

이렇게 지혁의 몸이 변하고 있을 때 지혁은 지하에 있는 방에 갇혀 있었다.

이렇게 변화는 누구도 주목하지 않은 상태에서 이루어졌다.

어느 정도 시간이 지나자 지혁이 정신을 차리기 시작했다.

그를 납치한 이들이 이 사실을 알면 다시 기절시켜 실험을 하고 싶어 할 정도로 지혁이 정신을 차린 일은 대단한 일이었다.

그들이 주입한 약은 코끼리도 재우는 약이었는데 인간인 지혁이 그런 약을 주입 받고 정신을 이렇게 일찍 차렸다는 것은 보통의 일이 아니었기 때문이다.

"으으으, 여기가 어디지?"

지혁은 정신을 차리자 자신이 있는 곳이 이상하다는 생각이 들었다.

그리고 주변을 살피기 시작했고 자신이 있는 곳이 처음 보는 공간이라는 것을 알게 되었다.

지혁은 우선 몸에 이상이 없는지를 먼저 확인했는데 이

상하게도 전과는 다르게 힘이 엄청 강해진 것을 알게 되었다.

"응? 내가 이렇게 강한 힘을 가지고 있었나?"

평범하게 주먹을 쥐었는데 강한 힘이 느껴지니 놀랄 수밖에 없었다.

정체모를 실험 약품과 지혁을 잠재운 마취약이 혼합되면서 엄청난 행운으로 다가온 것이다. 당연히 그 사실을 알 리 없는 지혁은 연신 고개를 갸웃거렸다.

"여기는 어디지? 나를 기절시키려고 약을 주입한 것 같은데… 그 여자와 이들의 정체가 무엇일까?"

지혁은 자신이 당한 일을 천천히 떠올리며 이들이 자신을 납치하려고 하는 이유에 대해 생각해 보았지만 자신이 왜 이들에게 이런 대접을 받는지에 대해서는 알 수가 없었다.

지혁은 몸을 천천히 움직이면서 강해진 자신의 몸을 체크했다.

도망쳐야겠다는 생각을 하였지만 우선 몸이 어떤지를 알아야 하기 때문이었다.

지혁은 자신의 몸을 점검하면서 연신 놀라고 있었다.

"도대체 나에게 무슨 짓을 하였는데 이렇게 힘이 강해진 거지? 혹시 나를 실험체로 생각하고 약물을 주입한 것인가?"

오만 가지 상상이 들었지만 정확한 이유에 대해서는 지혁도 알 수가 없었기에 우선은 여기를 나가기로 마음먹었다.

지혁은 어린 시절부터 운동을 좋아하여 여러 가지 운동을 배웠고, 싸움 역시 지금껏 진 적이 없을 정도로 상당한 실력을 가지고 있었기에 지금과 같이 강해진 육체라면 놈들에게 절대 지지 않을 자신이 있었다.

지혁은 천천히 문이 있는 곳으로 갔지만 문은 밖에서 잠겼는지 꼼작도 하지 않았다.

"문을 잠그고 무엇을 하려고 하는 걸까?"

지혁은 그렇게 생각하면서 손으로 강하게 문을 비틀어 보았는데 신기하게도 문고리가 비틀리며 열리는 것이 아닌가 말이다.

"어? 문에 문제가 있는 건가?"

지혁은 문이 열리니 우선은 나가야 한다는 생각에 밖으로 나오게 되었다.

창문조차 없는 데다가 위층으로 올라가는 계단이 있는 것을 보고 자신이 지금 지하에 있다고 판단한 지혁은 조심스럽게 이동을 하였다.

놀라운 점은 발자국 소리조차 나지 않게 움직이면서도

재빠르게 움직이고 있다는 점이었다.

평소의 지혁과는 다른 모습이었지만 지혁은 지금 탈출하는 것에 집중한 나머지 미처 눈치채지 못하고 있었다.

지혁이 지하에서 올라와서 주변을 살폈지만 아무도 없었다. 그는 조용히 이 집을 빠져나가기로 마음을 먹었다.

"나를 가지고 어떤 실험을 하였는지는 모르지만 우선은 빠져나가는 것이 급선무니 일단은 나가고 보자."

지혁은 그렇게 판단을 내리자 빠르게 이동을 했지만 자신이 지금 얼마나 빠르게 이동을 하는지도 몰랐다.

그가 잡혀 있던 곳은 굉장히 넓었다. 건물도 여러 채가 세워져 있었고 길을 찾기 어렵도록 복잡하게 배치되어 있었다. 그럼에도 그는 주저하지 않고 담이 있을 것으로 생각되는 방향으로 이동을 했다.

집의 구조만 보고 그런 생각을 할 수 있을 정도로 지혁의 지능이 발달되었지만 지금 그는 그런 자신에 대해 생각할 시간이 없었다.

지혁이 달리면서 담장 위로 뛰었고 손으로 담장 끝을 잡아 몸을 움직이니 너무도 쉽게 담을 넘을 수가 있었다.

탁!

지혁은 담장을 넘어 바로 다른 곳으로 이동을 하였고 어느 정도 거리가 생기자 숨을 가다듬을 수가 있었다.

약간의 시간이 지나자 지혁은 아무도 없는 곳으로 가서 자신의 몸이 이상하게 변했다는 것을 느끼고 우선은 어떤 변화가 있는지를 확인하는 것이 중요하다고 생각이 들었다.

방 안에서 잠깐 점검한 것으로는 알 수 없는 부분이 많았던 것이다.

"으드득. 지금은 내가 피하지만 나중에는 절대 그냥 두지 않을 거다."

지혁은 그렇게 중얼거리며 자리를 피하게 되었다.

새벽이라 차도 다니지 않았다.

집에 가야 한다는 생각에 걷고 있었지만 머릿속으로는 아직도 이해하지 못하고 있는 것들이 상당히 많았기에 그런 것을 파악하려 하고 있었다.

"나에게 무슨 짓을 했는데 몸이 이렇게 변한 거지? 힘은 왜 이렇게 강해진 것이고 말이야?"

벌써 몇 번째 드는 의문이었다.

자신이 걷고 있지만 하나도 힘이 들지 않게 느껴지니 지혁은 그런 자신의 몸이 신기하게 느껴졌다.

아무리 생각해도 몸이 나쁘지는 않고 좋은 쪽으로 변한 것 같았지만 생체 실험이라는 것이 나중에 어떻게 변할지 모른다는 생각에 불안함을 느끼고 있었다.

지금은 아무런 이상이 없지만 시간이 지날수록 몸에 어떤 변화가 생길지 누가 알겠는가 말이다.

나중에 정말로 괴물 같이 변하게 되면 이는 정말 하소연도 못하고… 아니, 하소연은 둘째 치고 어딘가로 납치당해 본격적으로 생체 실험을 당할 수도 있다는 생각이 들자 두려움에 몸이 절로 떨렸다.

"이대로 갈 것이 아니라 놈들이 어떤 짓을 하였는지를 확인하고 가는 것이 좋지 않을까? 이대로 그냥 가는 것은 나중을 위해서도 결코 좋은 일이 아닐 테니 말이다."

지혁은 그들이 자신의 몸에 생체 실험을 하였다는 생각이 들자 갑자기 걸음을 멈추게 되었다.

잠시지만 심각한 갈등이 지혁의 마음을 흔들었고 지혁은 어차피 놈들에게 이런 실험도 당했는데 그냥 당하고 숨어 지내는 것보다는 먼저 공격하여 놈들을 처리하는 것도 나쁘지 않다는 생각이 들었다.

어려서부터 독기로 유명했던 자신이다.

게다가 싸움꾼으로서 자질을 타고났다는 소리를 어린 시절부터 자주 들었을 정도로 싸움에는 소질을 보였고 지금은 보여줄 힘도 있었다.

스피드도 전과는 비교도 되지 않을 정도로 빨라진 것 같고 말이다.

이런 몸을 가지고 도망을 간다는 것은 절대로 있을 수 없는 일이라는 생각이 들자 지혁은 바로 몸을 돌리게 되었다.

다시 가서 놈들이 자신의 몸에 무슨 수작을 부렸는지도 확인을 하고 부당한 일에 대한 충분한 대가도 받아야 한다는 생각이 들어서였다.

"어차피 이대로 얌전히 돌아간다고 해서 변하는 것은 없으니 놈들에게서 확실하게 보상을 받아 가는 것도 좋은 방법일 것이다."

지혁은 다른 것은 몰랐지만 돈이 관여되자 갑자기 눈빛이 달라졌다.

지금까지 사는 것이 힘들었기 때문에 지혁은 금전적인 부분에서는 엄청난 집착을 보이고 있었다.

힘들게 살다보면 아마도 대부분이 지혁과 같은 증상을 보일 것이지만 말이다.

지혁은 그렇게 생각하고는 빠르게 다시 돌아갔다.

담벼락을 넘어 왔으니 다시 넘어가는 것은 그리 어려운 일이 아니라고 생각하고 말이다.

예상대로 지혁은 어렵지 않게 담을 넘을 수 있었다.

휘이익— 탁!

지혁은 담을 넘었지만 조용한 것을 보고는 안에 그리 많은 사람이 있지는 않을 것 같다는 판단이 들었다.

이렇게 큰 공간에 사람이 몇 없는 것을 보면 이곳은 숙식을 해결하는 곳이 아니라 실험만 하는 장소인가 보다.

그리고 그렇게 몇 되지 않는 이들이라면 지금 가진 힘으로도 충분히 상대할 수 있을 것이라는 생각도 들었다.

"놈들이 총기를 가지고 있으면 곤란하니 나도 무언가 공격할 수 있는 것을 준비해야겠다."

지혁은 그렇게 생각하고 주변을 열심히 살피기 시작했다.

그러나 정원이 있는 곳에서는 지혁이 무기로 삼을 만한 물건이 보이지 않았다. 어떻게 할지 고민하던 지혁은 지키는 사람이 아무도 없는 건물을 발견했다.

무기가 없다 해서 온 길을 돌아갈 수는 없는 노릇.

만약 건물 안에서 무기로 삼을 만한 것을 찾을 수도 있었고 만약에 사람이 있다면 이들의 정체를 밝힐 수도 있다는 생각에 지혁의 몸은 건물을 향해 움직이기 시작했다.

문을 조용히 열고 안을 확인해 보았지만 그 안에는 아무도 없는지 조용하기만 했다.

지혁은 빠르게 안으로 들어갔고 다행이도 주방이 있는 곳인지 과도부터 시작해서 여러 종류의 칼이 있어 무기로 사용할 수가 있을 정도였다.

"내가 예전에 단도를 던지는 연습을 많이 하였는데 이 정도면 총기를 들고 있어도 어떻게든 상대할 수 있을 것 같네."

부엌칼 정도로 총기를 상대하는 것은 불가능했지만 지혁이 정면으로 승부할 것도 아니고, 그의 변한 몸은 그런 자신감을 심어줄 정도로 대단했다.

지혁은 그렇게 판단을 하자 바로 과도들을 챙겨 품에 넣었다.

준비를 마치자 지혁의 몸은 아까보다 더욱 빠르게 움직이기 시작했는데 혹시 안에 누군가 있기를 바라는 마음에서였다.

지혁의 예상과는 다르게 지혁이 들어간 건물에는 사람이 없는지 너무도 조용하기만 했다.

지혁이 찾는 사람들은 새벽임에도 불구하고 지금 지하에 모여 회의를 하고 있는 중이었다.

"그동안 연구를 하기 위해 건강한 남자를 구했지만 아직 성과가 없으니 그만 여기를 떠나야 할 것 같습니다."

"아니, 아직 우리의 정체가 들킨 것도 아닌데 벌써 떠나야 한다는 말이오?"

그 말을 한 남자는 의사 가운을 입고 있는 것을 보아 아마도 연구원 같아 보였다.

"무슨 말인지는 알겠지만 지금 우리가 그동안 납치했던 인물들에 대한 조사를 한다고 들었으니 당분간은 다른 곳으로 이동을 하여 조심스럽게 실험을 하는 것이 좋겠습니다."

이들은 그동안 가족이 없거나 떨어져 사는 이들만을 타깃으로 삼아왔기에 지금껏 걸리지 않고 일을 진행할 수 있었다. 하지만 이들이 여기저기서 건강한 남자들을 납치한 시기가 제법 되었기에 슬슬 말이 나오고 있는 중이었다.

결국 경찰의 수사까지 시작되었기에 이들은 여기를 떠날 생각을 하고 있었다.

이들이 그동안 주변의 경찰을 의식하고 작업한 게 있었기에 바로 의심받지는 않겠지만 얼마나 갈지 몰랐다.

"본사에서는 다른 말이 없는 거요?"

"그동안 실험한 결과를 보고했지만 아직은 좋은 소식이 없는 것 같습니다."

"위험하다고 하니 다른 곳으로 옮기도록 합시다. 걸려서 좋을 일은 없으니 말이요."

"우선은 연구원들만 미리 준비한 곳으로 이동하시고 저희는 바로 여기를 정리하고 따라 가겠습니다."

흔적이 사라지면 사건은 흐지부지되기 때문이다.

연구원들은 한국까지 왔는데도 불구하고 실적이 많이 부족하기 때문에 더 이상 말을 하지 않고 따라 주었다.

딱히 이곳을 고집할 이유가 없었던 것이다.

"본사의 지시라면 따라야지요. 알겠습니다. 우리는 지금 바로 떠나겠습니다."

연구원들의 대표인 남자가 그렇게 대답하자 다른 이들도 바로 정리를 하고 일어났다.

이들이 지하에서 이렇게 회의를 하고 있을 때 지혁은 이들을 찾기 위해 사방으로 움직이고 있었다.

그런 지혁의 귀에 인기척이 들렸다.

"응? 무슨 소리가 들렸는데?"

지혁은 자신의 귀가 무척이나 밝아졌다는 것을 알기에 소리가 들린 곳으로 귀를 기울였다.

그 소리는 사람들의 발자국 소리였고 계단을 올라오는 소리였다.

그런데 여러 사람이 움직이는 것인지 소리가 조금은 시끄러웠다.

"놈들이 지금 움직이는 모양이네? 지하에 있으니 내가 찾을 수가 없었던 것 같네."

지혁은 그렇게 생각하면서 최대한 조심스럽게 이동을 하였다.

놈들이 누구인지는 모르지만 감히 인간의 신체를 가지고 비인도적인 생체 실험을 하는 놈들이기에 절대 용서하고 싶은 생각이 없었다.

지혁은 놈들을 찾으면서 많은 것을 준비하였기에 최소한 죽지는 않을 자신이 있었다.

놈들의 소리가 들리는 곳으로 이동하여 먼저 자리를 잡고 기다리니 문을 열고 나오는 이들이 있었다.

다들 생긴 것을 보면 제법 착하고 준수하게 생겼는데 하는 짓을 보면 악당이 따로 없었다. 지혁은 이미 결심을 하였는지 다시 눈빛이 강렬하게 빛나기 시작했다.

"저놈들 말고도 뒤에 또 있는 것 같았는데 아직 올라오지 않은 것인가?"

안에서 아직도 발자국 소리가 들려서 하는 말이었다.

가장 선두에 나오는 이들은 지혁이 보기에 일반 연구원 같아 보였기에 지혁은 놈들이 나오는 것을 보며 은밀히 움직였다.

지혁의 손에는 쇠로 만들어진 작은 방망이가 들려 있었다.

그는 방망이만으로도 충분히 상대할 수 있다고 생각했다.

지혁은 움직임은 연구원인 이들이 감당할 수 있는 정도

가 아니었기 때문이다.

지혁은 최대한 빠르게 움직였다.

쉬이익~!

빠각! 퍽퍽!

"컥!"

"……."

세 명의 연구원은 갑자기 당한 강한 일격에 그대로 기절을 하고 말았다.

너무도 빠른 기습적인 공격이었기에 비명도 지르지 못하고 쓰러져 버린 것이다.

지혁은 놈들이 쓰러지자 빠르게 놈들의 몸을 들고 다른 문이 있는 곳으로 갔다.

한 번에 세 명을 들고 가는데도 그렇게 힘이 들지 않는 자신의 몸을 보며 지혁은 다시금 놀라지 않을 수가 없었다.

철컥!

지혁은 문을 열고 안으로 들어가서 가지고 온 로프를 이용하여 놈들의 몸을 묶었다.

다시 정신을 차리면 곤란하기 때문이었다.

지혁은 놈들이 서로의 몸을 풀 수도 있다는 생각에 세 명의 등을 대고 몸을 묶었는데 이렇게 하면 절대 로프를 풀 수가 없어서였다.

지혁은 그렇게 조치를 취하고는 다시 놈들이 나왔던 곳으로 이동을 하였다. 남은 이들이 지하에서 나오지 않는 것을 보니 무언가를 하고 있는 듯했다.

이왕에 손을 보았으면 끝장을 봐야 했다.

그렇게 해야 자신이 지금 당한 일에 대한 손해를 보상받을 수가 있을뿐더러 후환을 덜 수 있었다.

지혁이 상대하려는 이들은 그렇게 많지 않았다.

새벽까지 남아 있는 연구원도 드물뿐더러 새롭게 이전하는 장소를 확인하기 위해 상당한 인원이 차출되어 갔기 때문이었다.

현재는 세 명의 경호원만이 이곳에 남아 경호를 하고 있었다.

물론 경호원들을 지휘하는 인물도 남아 있었지만 지금은 어디로 갔는지 현재는 여기에 있지 않았다.

이는 지혁의 입장에서 보면 천운이라고 할 수 있었다.

남아 있는 경호원들은 지혁에게 주사를 놓은 여자와 다른 남자 두 명이 전부였다.

"저기, 연구에 필요한 물건만 가지고 가면 되지 않나?"

"이번 프로젝트를 위해 준비한 물건이라 무조건 챙기라고 하였으니 저 물건은 반드시 가지고 가야 해. 특별 지시까지 있었으니 우선적으로 챙기자고."

남자와 여자는 그렇게 이야기를 하며 특수한 병에 담겨 있는 용액을 아주 조심스럽게 준비한 박스에 넣었다.

특수하게 제작하여 깨질 염려는 없었지만 최대한 조심하고 있는 것이 상당히 귀한 물건으로 보였다.

이들이 물건을 챙기고 있을 때 접근을 하는 이가 있었는데 바로 지혁이었다.

지혁은 지금 몰라보게 변한 신체 덕분에 안에서 하는 이야기를 모두 들을 수가 있었다.

'나에게 주사를 놓았던 여자의 음성이다.'

지혁은 자신에게 주사를 놓은 여성의 음성을 똑똑히 기억하고 있었다.

나중에 만나면 반드시 그냥 두지 않을 생각을 가지고 말이다.

지혁은 품에 암기 대용으로 가지고 온 과도와 포크를 손에 쥐었다.

'사람을 가지고 이런 실험체로 사용하는 놈들은 죽어도 되니 죽일 놈들이라고 생각하자.'

지혁은 아직까지 살인이라는 것을 해보지 못해서 그런지 누구를 죽인다는 생각이 들자 자신도 모르게 심장이 미친 듯이 뛰었다.

그래도 그냥 보낼 수 없다는 생각이 더욱 강하게 들어 손에 힘을 주게 되었다.

놈들이 있는 방 앞에 도착하자 지혁은 손에 들은 과도를 한 번 보고는 문을 발로 살살 밀었다.

이들은 철수한다고 보안 장치를 모두 꺼두어서 지금 문 밖에 지혁이 와 있다는 사실도 모르고 있었다.

문이 열리며 여자와 남자 둘이 열심히 정리를 하는 것이 보였다. 지혁은 바로 손에 들린 과도를 날렸다.

두 개의 과도는 남자들에게 날아갔고 이어 지혁은 포크를 여자에게 날렸다.

쉬이익! 쉐에엑!

퍽퍽퍽!

"커억!"

"으윽!"

"……."

남자들은 과도에 목을 그대로 관통당하여 외마디 비명과 함께 죽임을 당했지만 여자에게 던진 포크는 어깨에 꽂혔을 뿐이었다.

이는 지혁이 여자에게 묻고 싶은 말이 있어서였다.

여자는 자신의 어깨에 강한 충격을 받아 자신도 모르게 소리가 나왔지만 지혁이 빠르게 문을 다시 닫는 바람에 소리가 새어 나가지는 않았다.

설사 새어 나갔다고 해도 지금 이곳으로 올 인원이 없어서 지혁에게는 크게 문제가 되지 않았을 것이다.

뚜벅뚜벅.

지혁이 걸어가는 소리가 지옥문의 입구에서 걸어오는 저승사자의 발자국처럼 들렸다. 여자는 두려운 와중에도 고개를 들어 상대가 누구인지 바라보았다.

여자는 지혁이 약간 변하기는 했지만 자신이 직접 투약을 하였던 사람이기에 금방 알아보고는 놀란 눈을 하였다.

"나를 기억하니 다행이야, 너를 보면 어떻게 할지를 가장 고민했으니 말이야."

지혁은 아주 차가운 미소를 지으며 여자에게 다가가고 있었다.

여자는 그런 지혁이 다가오자 두려움에 휩싸인 얼굴을 하면서 외쳤다.

"무슨 짓이죠? 나에게 왜 이러는 거예요?"

"그걸 몰라서 묻는 건가? 나에게 한 짓을 정말 몰라?"

지혁이 잔혹한 표정을 지으며 그렇게 말하자 여자는 더욱더 공포에 젖어 들었다.

"나, 나도 지시를 받아 한 짓이에요. 어쩔 수 없었단 말이에요!"

여자는 살기 위해 필사적으로 지혁에게 애원하고 있었다.

그러나 지혁은 그런 여자의 눈에 간교함이 남아 있는 것을 보았기에 입가에 아주 잔인한 미소를 지었다.

"일본 놈들이 여기서 왜 인체 실험을 하는 거지? 너희 나라의 사람은 안 되고 한국인은 어떻게 되든 상관없다는 생각을 하고 있는 건가?"

지혁은 이미 알고 있는 것처럼 그렇게 말을 하자 여자의 눈에는 놀라움이 묻어 나왔다.

"어… 떻게… 그 사실을?"

여자는 지혁이 깨어 있는 것도 놀라웠고 지금 이 자리에 나타날 수 있다는 것도 이해가 가지 않았다.

자신이 직접 투약을 하였기에 효력을 알고 있었다. 건장한 남자도 최소한 삼 일은 정신을 잃고 있어야 할 정도로 강력한 주사였다.

"너희들은 이런 실험을 하고 이제 다른 곳으로 이사를 갈 생각인 것 같은데, 나는 그런 너희를 그냥 둘 생각이 없으니 어쩌나?"

지혁은 여자의 앞에 도착을 하자 여자의 목을 쥐고 일으켰다.

이미 이들이 짐을 정리하고 있는 모습을 보았기에 어디론가 떠나려 한다는 건 쉽게 짐작할 수 있었다.

"컥, 컥……!"

여자는 지혁이 목을 쥐고 몸을 일으키자 숨이 막히는지 캑캑거렸다.

여자는 어깨의 통증도 있었지만 지금은 목이 잡혀 있으니 더욱 강한 공포심이 생겼다. 여자는 오줌을 지렸는지 바지를 타고 물이 흐르고 있었다.

주르륵.

"허어, 이년이 오줌을 싸고. 무섭기는 무서운 모양이네."

지혁의 차가운 음성에 여자는 감히 지혁을 보지도 못하고 있었다.

지혁은 여자의 목을 조금 풀어주면서 질문하기 시작했다.

"여기서 그동안 했던 일들에 대해 이야기를 해봐. 만약에 내가 알고 있는 것과 다르면 바로 목을 비틀어 줄 거야. 궁금하면 직접 실험을 해도 되겠지만 말이야."

지혁의 그 말에 여자는 바로 입을 열기 시작했다.

"우리는 일본의 다이쇼 제약에 속해 있는 연구원이에요. 한국에서 연구를 하는 것은 인체가 얼마나 항성을 가지고 있는지에 대한 연구를 하기 위해 온 거예요."

"결국 인체 실험을 위해 사람을 모집하였다는 말이네. 그러면 그동안 모집한 사람들은 모두 죽은 건가?"

여자는 지혁의 물음에 바로 대답하지 못했다.

이 한마디에 자신의 목숨이 걸려 있다는 사실을 여자도 잘 알고 있어서였다.

지혁이 궁금한 것은 사실 그런 문제보다는 자신의 몸에 어떤 실험을 했는지에 대해서였다.

그런데 여자의 반응을 보니 이자들은 자신의 몸에 어떤 일이 벌어졌는지 모르고 있는 것으로 보였기에 다른 이야기를 하면서 천천히 알아볼 생각이었다.

"너희들이 여기서 인체 실험을 하고 있다는 사실을 한국 정부에서는 모르고 있는 건가?"

"한국에서 우리가 실험을 하는 것에 도움을 주고 있는 이들이 있다고 들었어요. 그들의 도움으로 연구를 계속할 수 있었다고 들었어요."

여자도 자세히는 모르고 있는 것 같았다.

지혁은 같은 나라의 국민을 팔아서 자신의 개인 영달만 생각하는 놈이 누구인지는 모르지만 자신이 알게 되면 절대 가만 두지 않을 생각이었다.

"그래, 나에게 무슨 짓을 하였는지 말해봐."

여자는 지혁에게 강력한 마취를 한 것밖에 아는 것이 없었다.

"나는 당신에게 강력한 마취만 하였어요. 지금 이렇게 깨어 있을 수 있는 것이 이상하지만요."

여자는 지혁이 궁금해하는 것을 모두 말해주었다.

지혁은 여자와 대화를 하면서 이곳에서 어떤 연구를 했는지와 이들이 지금 좁혀오는 수사망을 피해 다른 곳으로 이동하려 했다는 사실도 알게 되었다.

이놈들이 다른 장소로 가면 또 이런 짓을 할 것이니 절대로 이들을 그냥 둘 수는 없다는 생각이 들었다.

"너희 나라에서도 하지 않는 실험을 타국에 와서 하다니. 네놈들이 하고 있는 것이 범죄라는 사실을 모르고 하는 짓이냐?"

지금 이들이 하고 있는 짓은 절대 사람으로서 할 수 없는 짓이었다.

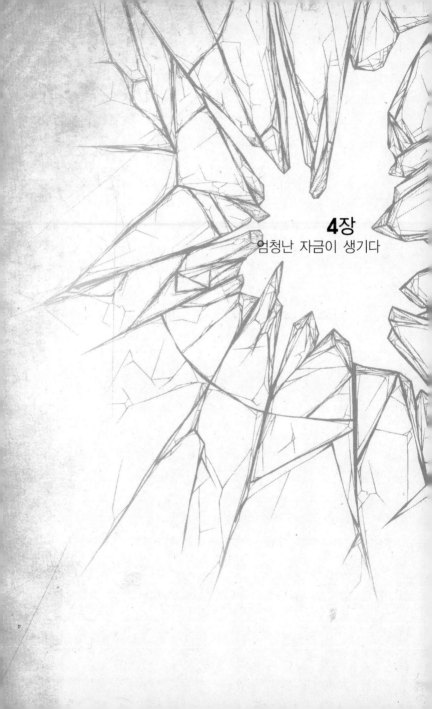

4장
엄청난 자금이 생기다

　지혁은 여자에게 듣고 싶은 이야기를 모두 들었기에 여자를 죽이자는 생각이 들었고 그 눈빛이 변했다.

　그러자 여자는 다급하게 외쳤다.

　"잠깐만요. 우리 연구소의 비자금이 있는 장소를 내가 알고 있어요. 그걸 알려줄게요. 제발 살려주세요."

　여자는 살고 싶어 비자금에 대한 이야기를 했다.

　지혁은 안 그래도 돈이 필요했기에 말리고 싶은 생각은 없었다. 아니, 반드시 받아갈 생각이었다.

　"비자금이 있는 장소는?"

"위로 올라가야 해요."

"다시 묻지. 비자금이 있는 장소는?"

지혁의 눈빛이 변하려고 하자 여자는 비자금이 있는 장소를 바로 말했다.

"처음 만났던 장소의 거실에 보면 산이 그려져 있는 액자가 있어요. 액자를 떼면 바로 금고가 나와요. 금고는 저의 지문이 있어야 열리게 되어 있어요."

아마도 이들의 자금을 관리하는 일을 여자가 하고 있었던 것 같았다.

지혁은 여자의 눈을 보니 지금 상당히 겁에 질려 있다는 것을 알았지만 그만큼 살고자 하는 마음을 느낄 수가 있었다.

사실 자신의 몸이 이렇게 좋아진 것은 나쁘다고 할 수는 없는 일이었다.

아니, 오히려 좋은 일이라고 할 수 있을 정도로 지혁의 신체는 비약적으로 좋아졌다.

"좋아, 당신의 말대로 비자금이 있다면 살려주도록 하지. 물론 나에 대한 이야기는 하지 않을 것이라 믿고 말이야. 만약에 나에 대한 이야기를 하면 어떻게 될지는 상상에 맡기겠어."

지혁은 그렇게 말을 하고는 주변에 있는 탁자에 가서 다리를 발로 걷어찼다.

꽝!

우지직!

지혁의 발차기에 탁자의 다리는 그대로 부서져 버렸다.

여자는 그런 지혁을 보고는 놀라고 말았다.

저런 신체를 가지고 있으니 저렇게 빨리 깨어나게 된 것이라는 생각이 들어서였다.

지혁은 여자를 데리고 바로 위로 올라갔다.

주변에는 인기척이 없었다. 주위를 살피면서 여자와 같이 서재가 있는 곳으로 갔다.

비밀 금고는 벽에 설치되어 있었고 여자는 익숙하게 금고를 열어주었다.

지혁은 서재에 있는 골프 가방을 들어 그 안의 내용물을 모두 빼고 금고에 있는 내용물을 모조리 담으려고 하였다.

금고에는 약간의 금괴와 무기명 채권, 그리고 통장이 있었는데 통장에는 비밀 번호가 모두 기재되어 있었다.

지혁이 통장을 보니 안의 이름이 한국인이었기에 여자를 보았다.

"그 통장은 한국인의 명의로 만든 것이라 은행에 가서 바로 찾을 수가 있어요. 우리도 누구인지는 모르지만 위에서 마련해 줬기 때문에 그냥 사용하고 있는 통장이에요."

"그러면 이 통장은 뭐지?"

지혁이 집은 통장은 한국에 있는 은행이 아니라 해외은행의 통장이었다.

여자는 지혁이 잡은 통장을 보고는 놀란 눈치였다.

지혁은 다시 물었다.

"나는 거짓말을 하는 것을 아주 싫어하는데… 얼마나 그런지 알고 싶은 모양이네."

지혁의 차가운 음성은 여자의 잔머리를 사용하지 못하게 하였다.

"그 통장은 우리의 모든 비자금이 들어가 있는 스위스 비밀 통장이에요. 열어보면 통장의 비밀번호가 있어서 전화를 하면 바로 계좌이체를 할 수 있어요."

뒤가 구린 놈들이 준비해서 그런지 본인 인증이나 그런 것도 필요 없나 보다.

지혁은 영화에서나 보았던 그런 비밀 계좌라 신기하다는 생각이 들었다.

지혁은 금고의 모든 것을 가방에 담았다.

이 정도면 엄청난 금액이기 때문에 앞으로 돈 걱정은 하지 않아도 될 것 같았다.

이제는 통장의 돈을 어떻게 추적하지 못하게 하는지가 문제였다.

지혁은 그때 한 친구가 생각이 났다.

바로 은행을 해킹하다가 걸려 그 은행의 보안 요원이 된 친구가 말이다.

'후후후, 그놈의 도움을 받으면 문제없겠다.'

지혁은 통장의 돈을 처리할 수 있게 되었다는 생각에 자신도 모르게 미소를 지었다.

"이제 그만 가야겠네. 돈을 잘 사용할게."

지혁은 약속대로 여자를 죽이지 않고 나가려고 하였다.

그런데 여자는 지혁이 돌아가는 것을 보면서 눈빛이 갑자기 변하고 있었다.

자신은 어차피 비자금이 사라지게 되면 죽은 목숨이었다. 그녀는 지혁이 나가기 전에 보안 경보음을 울려야 한다고 생각했는지 서재의 탁자 밑에 있는 경보음을 눌렀다.

띠잉띠잉!

지혁은 여자가 그런 행동을 할 것을 짐작하고 있었는지 호주머니에 있던 칼을 뽑아 그대로 던졌다.

쉬이익!

퍽!

"끄르륵!"

여자는 지혁이 던진 과도에 목이 그대로 관통되어 쓰러졌다.

바닥에는 여자의 피가 흘러나와 바닥을 적시고 있었지만 지혁은 아무런 감정을 느끼지 못하는 눈빛을 하고 있었다.

"죽이고 싶었지만 약속을 해서 죽이지 않았는데 스스로 죽고 싶어 안달이 났으니 어쩔 수 없지."

지혁은 그렇게 말하며 문을 열고 주변을 살피기 시작했다.

그런데 보안벨이 울렸는데도 아무도 나오는 사람이 없는 것을 보고 지혁은 이들이 이미 다른 곳으로 이동을 하였거나 잠시 자리를 비웠다는 판단이 들었다.

지혁은 아무도 없다는 것을 알고는 빠르게 집을 빠져나오게 되었다.

지혁이 사라지고 약간의 시간이 지나자 경호 교대를 위해 남아 있었던 이들이 들어왔다.

"연구원들은 짐을 다 챙겼나?"

"아직 하고 있을 거야. 짐이 많다고 들었으니 말이야."

"아니, 왜 갑자기 이동을 하라고 하는 거지?"

"내가 알겠냐? 나도 여기가 참 편했는데 말이다."

이들은 그런 소리를 하며 서재가 있는 곳으로 갔다. 그리고 그 안에 여자가 쓰러져 바닥에 피가 흥건한 것을 보고는 깜짝 놀라고 말았다.

"헉! 저건 뭐야? 죽은 거야?"

"가만있어, 가서 확인을 해야겠다."

이들은 여자의 시체가 있는 곳으로 조심스럽게 걸어갔다. 이들의 손에는 총이 들려 있었다.

혹시 적이 아직 남아 있을지도 모르기 때문이다.

그러나 경호원들은 아무도 찾을 수가 없었고 금고에 대해서는 이들도 모르기 때문에 지하를 수색하며 연구원 세 명과 남자 경호원 둘까지 모두 죽은 것을 알게 되었다.

지혁이 나가면서 살려두었던 연구원까지 처리했던 것이다.

"바로 보고하자, 이거 큰일 났네."

경호원들은 바로 보고를 하였지만 이들은 지혁에 대한 것을 모르기 때문에 범인을 찾을 수는 없었다.

*　　　*　　　*

연구원들이 살해당했다는 보고에 저들은 상당히 소란스럽게 되었지만 지혁은 그런 사실을 모르고 친구가 있는 곳으로 가고 있었다.

그 집을 나오면서 가장 먼저 친구에게 전화를 걸었다.

그리고 오늘은 쉬는 날이라 집에 있으니 오라는 말을 듣고 가는 중이었다.

지혁의 친구인 장성준은 그와는 아주 오랫동안 친구로 지내는 사이였다.

장성준은 해커로 이름이 알려져 있었는데 술을 마시고서 은행도 해킹할 수 있다고 만용을 부리다가 체포가 되어 지금은 은행의 보안 요원으로 근무를 하고 있는 중이었다.

쾅! 쾅!

"문 열어라."

문이 열리면서 안에서 아직 씻지도 않은 한 남자의 부스스한 얼굴이 나왔다.

"너는 매번 내가 벨을 누르라고 하는데 왜 두들기고 지랄이냐?"

"나는 두들기는 것이 편해, 자식아."

지혁은 가방을 들고 안으로 들어갔다.

안에 들어가자 지혁은 가방에서 통장을 모두 꺼냈다.

그런 지혁의 행동을 보고 있는 성준이 물었다.

"그거는 또 뭐냐?"

"너의 도움이 필요해서 가지고 온 거다. 이 통장에 있는 자금을 모두 빼서 누구도 추적할 수 없게끔 다른 통장에 넣어주라."

"어렵지는 않은데, 누구의 부탁인데 그래?"

"그거는 묻지 말고 이번 한 번만 좀 도와줘라. 시간이 없어서 그런다."

지혁의 얼굴이 다급해 보이니 성준은 더 이상 말하지 않고 컴퓨터 앞에 앉았다.

"이거 어떻게 해달라는 말이야?"

"해외에 다른 계좌를 한 개 만들어서 거기로 입금을 해줘."

"추적하지 못하게 작업해서 말이지?"

"그래, 아무도 모르게 해줘."

"잠시 기다려 봐."

성준은 빠르게 지혁의 이름으로 계좌를 하나 개설을 하였고 과거 자신이 사용하였던 여러 통장을 이용해서 자금을 모두 분산 처리를 하여 여러 경로로 이동을 시켰다.

절대 추적을 할 수가 없게 말이다.

한국인의 명의로 되어 있는 통장은 전부 합해도 십억이 되지 않았지만 스위스 은행에 있는 통장에는 엄청난 자금이 들어 있었다.

장성준은 그 금액을 보고는 놀란 표정을 지었다.

"야! 너 임마, 이거 누구 건데 이렇게 엄청난 자금이 들어 있는 거냐?"

지혁은 성준이 놀라는 얼굴을 하자 궁금해서 물었다.

"얼마나 들어 있는데 그래?"

"삼억이나 들어 있으니 그렇지!"

"삼억이면 그렇게 많은 돈도 아닌데, 왜?"

"임마! 그게 한국 돈으로 삼억이 아니고 삼억 불이니 그렇지."

지혁은 삼억 불이라는 소리에 자신도 놀라고 말았다.

한화로 따지면 무려 삼천억이라는 소리였다.

"더 이상 묻지 말고 추적이 되지 않게만 해줘라. 은혜는 내가 갚을게."

성준은 지혁이 무슨 조폭과 일을 하는 게 아닌가라는 생각이 들었지만 이내 머리를 흔들었다.

한때 지혁이 그런 길로 가려고 하였지만 동생 때문에 결국은 다시 돌아오게 되었다는 것을 알고 있었다.

지혁은 비록 돈은 없지만 나쁜 짓은 하지 않고 살아왔다. 오랜 친구인 자신이 보기에도 착실하게 살고 있는 성실한 사람이었다.

"무슨 일인지는 모르지만 너 잘못하면 한 방에 가는 수가 있다. 내가 아무리 추적하지 못하게 했다고 해도 잘못하면 걸릴 수 있다는 말이야."

"그래도 해줘. 부탁하자."

지혁의 눈에는 간절함이 묻어 있었고 성준은 친구인 지혁이 그런 눈빛을 하며 부탁을 하자 차마 거절을 할 수가 없었다.

성준은 자신의 모든 실력을 발휘하여 돈을 분산시켰고 마지막으로 지혁의 이름으로 해외계좌를 만들어 그 안으로 자금이 들어가게 해주었다.

안전을 위해 전 세계를 한 바퀴 돈 자금은 한 번에 들어가는 것이 아니라 매일 조금씩 입금되는 방식으로 들어가게 될 것이다.

성준이 과거에 자금을 세탁하는 방법이었고 아직까지 걸리지 않았던 방법이기도 했다.

물론 이번 일로 인해 성준은 그 계좌를 모두 없애 버렸지만 말이다.

"휴우, 끝났다. 그런데 솔직히 걱정이 된다."

"나는 너를 믿는다."

"이 자식이 이럴 때만 믿는 다고 하지."

성준은 그런 지혁을 보고 웃고 말았다.

지혁은 가방에서 다시 무언가를 꺼냈다.

바로 무기명 채권이었는데 가지고 올 때는 확인하지 못했는데 지금 꺼내고 보니 무려 일억이나 되는 채권이었고 양도 한 다발이었다. 모두 세어 보니 오십 장이었다.

"이거는 어떻게 해야 사용할 수가 있는 거냐?"

지혁의 물음에 성준은 지혁이 보여주는 채권을 보았다.

"이거 무기명 채권이네. 어디서 난 거냐?"

지혁은 친구인 성준을 속이는 것은 싫었지만 알아서 좋은 일이 아니기에 적당하게 거짓말을 하였다.

"이번 일을 해주는 조건으로 반은 내가 가지기로 했다."

오십억의 반이면 이십오억이었기에 지혁과 같은 입장의 사람이라면 목숨을 걸 만한 일이기는 했다.

천만 원에 사람도 죽이는 세상인데 이십오억이라는 거금이라면 무슨 짓을 못하겠는가 말이다.

성준은 지혁을 보았다.

"지혁아, 내가 보기에 너 진짜 위험한 일을 하고 있는 것 같은데 정말 조심해야 한다. 유일하게 친구로 지내고 있는 놈이 죽는 모습을 보고 싶지는 않아서 하는 말이니 잘 생각하고 움직여야 한다."

"자식이, 걱정 마라. 그런데 이 채권은 어떻게 해야 현금으로 바꿀 수 있는 거냐?"

"무기명 채권은 언제든지 청구를 하면 바로 현금이나 마찬가지라 있는 분들이 많이 사용하고 있는 거다. 내가 그 정도는 언제든지 현찰과 바꿔 줄 수 있으니 걱정 마라."

은행의 보안 요원으로 근무를 하고 있으니 그런 쪽의 일은 자연스럽게 알 수 있었다.

"그런데 통장에 갑자기 이렇게 많은 돈이 입금되면 문제가 생기지 않냐?"

"당연하게 생기지. 돈을 번 출처가 확실하면 상관없지만 너는 그렇지 않으니 현찰로 가지고 다녀야 할 거다. 안 그러면 국세청에서 바로 조사를 나온다. 없는 사람이 갑자기 돈이 어디서 생기겠냐?"

지혁은 성준의 말에 고개를 끄덕였다.

자신이 생각해도 그렇게 할 것 같아서였다.

하루아침에 거지가 부자 되는 방법은 정당하게 복권에 당첨이 되거나 그렇지 않으면 도둑질을 해서라는 생각이 들었다.

"그러면 현금으로 사용하면 문제가 없는 거냐?"

"그렇지. 집을 산다거나 하는 짓만 하지 않으면 추적할 근거가 없으니 문제없는 거지, 너, 집은 사지 말고 그냥 전세로 살아라. 전세는 걸리지 않으니 말이다. 수진이랑 언제

까지 함께 잘 수는 없는 일이잖아?'

성준은 지금 지혁이 살고 있는 집을 알기에 하는 소리였다.

전세로 살면 지혁도 문제가 없을 것 같다는 생각이 들기는 했다.

작은 방에 여동생이랑 같이 자는 것도 솔직히 거북했고 말이다.

이제는 중3이 되어서 그런지 옷을 갈아입을 때도 나가주어야 했다.

"아는 곳이 있으면 한 번 알아봐라. 수진이 학교와 가까우면 되니 말이다."

"내가 아는 분이 있는데 한 번 알아볼게."

성준도 수진이를 오랫동안 알아 왔기에 친동생처럼 생각하고 있었고 여학생이 공부를 하려면 어느 정도는 환경을 만들어 주어야겠다는 생각을 하고 있었다.

어떻게 해주려고 해도 자신이 주는 도움은 받지 않는 지혁이었기에 지금껏 바라만 보고 있었는데 이제는 조금 상황이 달라졌다.

돈으로 도움을 주지는 못해도 정보를 주어 조금이라도 편하게 살 수 있게 해주는 것은 지혁의 자존심도 충분히 납득할 수 있는 도움이었다.

"그래, 부탁하자. 수진이를 위하는 일인데 내가 무엇을 못하겠냐."

지혁도 동생인 수진이를 거론하자 차마 반대를 하지 못했다.

항상 마음에 걸리는 존재가 바로 수진이었고 오빠가 되어서 잘해주지도 못해 항상 미안한 마음을 가지고 있었다.

그런 자신에게 생각지도 못한 거액의 자금이 들어왔으니 이제라도 수진이를 위해 좋은 환경을 만들어 주고 싶은 게 사실이었다.

"자식이, 하여튼 자기 동생을 끔찍하게 챙기는 것은 변하지 않았네."

성준의 그 말에 지혁은 빙그레 미소를 지었다.

유일하게 지혁의 얼굴이 미소를 만들어주는 존재가 바로 수진이었다.

성준은 그런 사실을 알고 있었고 말이다.

지혁은 아직 가방에 남아 있는 것들이 있었지만 더 이상은 꺼내지 않았다.

안에 있는 서류들은 조금 다른 문제였고 그로 인해 성준에게 피해가 갈 수도 있다는 생각이 들어서였다.

"나는 그만 간다. 전세를 알아보면 연락해라. 한동안은 집에 있을 테니 말이다."

"그냥 갈라고?"

"오늘 쉰다고 했으니 이따 저녁에 올게. 아직 일을 마친 것이 아니라 다시 가야 한다."

성준은 지혁의 대답에 눈빛이 묘하게 변했다.

"무슨 일인지 물어도 대답하지 않을 것 같아 묻지는 않겠지만 위험한 일은 하지마라. 수진이를 생각해서라도 말이야."

"자식이, 걱정 마라."

지혁은 그렇게 말을 하고는 바로 집으로 갔다.

집에 도착한 지혁은 가방에 있는 것들을 모두 꺼내서 확인해 보았다.

네 개의 금괴는 지금 당장 팔아도 상당한 돈이 되는 것이라 조심스럽게 숨겨야 하는 물건이었다.

"음? 이건 뭐지?"

그리고 금고 안에 있던 서류를 가지고 왔는데 지혁으로서는 보아도 알 수 없는 내용들이라 그냥 보관을 하기로 결정을 내렸다.

마지막으로 하나의 수첩을 보았는데 그 안에는 몇몇 한국인의 이름과 금액이 적혀 있었다.

"이거는 혹시 뇌물을 주고 나서 적은 것인가?"

지혁은 수첩이 나중에 필요할지도 모른다는 생각이 강하게 들어서 다른 서류들과 함께 보관하기로 마음을 먹었다.

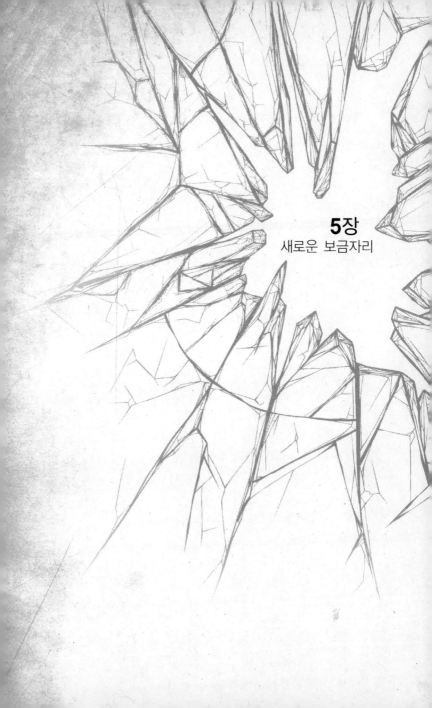

5장
새로운 보금자리

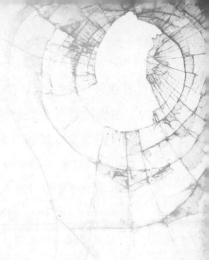

　지혁이 그렇게 하고 있을 때, 일본에서는 지금 엄청나게
화를 내는 인물이 있었다.

　꽝!

　"아니, 그게 정말이냐?"

　"죄송합니다. 저희도 미처 생각지 못하여 당한 것 같습니
다."

　"그러면 금고에 있는 모든 것을 도둑맞은 게 사실이라는
말이냐?"

　"예, 소수의 경호원과 연구원들만 남아 있어 미처 대응하

지 못하고 죽은 것 같습니다. 사장님."

이들은 한국에 연구실을 만들어 실험을 했던 다이쇼 제약의 사장과 그의 지시를 이행하는 이들이었다.

비밀스럽게 하는 연구라 살아 있는 남자가 필요했고 이들은 실험체를 구하기 위해 한국에 연구소를 설치했다.

그동안은 별 이상 없이 비밀리에 실험을 하고 연구실적을 보고 받을 수 있었는데 이번에 그 연구소 중 하나에서 크게 일이 발생한 것이다.

연구원이 죽은 것이야 그리 문제가 되지 않지만 문제는 금고 안에 있는 비자금과 뇌물을 준 이들이 나와 있는 수첩이었다.

그 수첩에는 몇몇 국회의원의 이름과 자신들에게 협조를 하던 경찰과 검사들까지 모두 적혀 있어 나중에 크게 문제가 될 소지가 있는 물건이었다.

"비자금이 있는 스위스 비밀계좌는 어떻게 되었나?"

사장은 지금 엄청난 인내력을 발휘하며 참고 있는 중이었다.

"이미 모든 자금을 다 빼가서 찾을 수가 없다고 합니다. 이번 일을 저지른 놈들에게 상당한 실력을 가진 해커가 함께하는 것 같습니다."

"흠, 그러면 사전에 이번 일을 계획하고 실행하였다는 것인가?"

"저희도 조사를 하고 있지만 그렇지 않으면 도저히 이해가 가지 않습니다."

마시유로 사장은 이 사건이 사전에 계획된 일이라면 누군가가 자신들에 대한 정보를 주었기에 가능했을 것이라는 생각이 들었다.

그렇다면 안에 배신자가 있다는 말이었기에 그 눈빛이 매우 날카로우면서 싸늘하게 변했다.

"마사끼, 지금부터 조직의 배신자를 찾아라. 한국에서 연구를 하던 연구원이 죽은 것은 문제가 되지 않는다. 하지만 금고에 보관하고 있는 수첩은 반드시 찾아야 하는 물건이다."

"예, 알겠습니다. 무슨 수를 써서라도 찾겠습니다."

"이번 일에 조직의 특무대를 사용해도 된다."

특무대를 사용하라는 지시에 모여 있는 모든 이가 놀란 얼굴을 하였다.

다이쇼 제약은 일본의 신약을 개발하여 상당한 명성을 가지고 있는 회사였지만 이들이 그런 명성을 가지게 될 때까지 특무대의 힘이 혁혁한 역할을 했다.

그만큼 특무대는 어둠 속에서 엄청난 활약을 해주어 지금의 다이쇼가 만들어지게 되었다는 말이다.

특무대는 모두 특수한 훈련을 받아 엄청난 실력을 가지고 있는 이들로 구성이 되어 있었고 다이쇼에는 그런 특무대원들이 모두 오십 명이 있었다.

그 이상 늘리려고 해도 지금의 특무대원들이 거절하고 있어 만들지도 못했다.

특무대는 50명이 정원으로 기존의 인원이 빠져야만 새로운 대원을 뽑았다.

"얼마나 지원을 해주실 겁니까?"

"열 명의 인원을 지원하도록 하겠다. 그러니 무슨 짓을 해서라도 놈을 찾아라. 돈도 중요하지만 지금은 돈보다는 그 수첩이 더 중요하다."

"예, 반드시 놈을 찾겠습니다."

*　　　*　　　*

일본에서는 지금 수첩 때문에 난리가 났지만 지혁은 그런 일에는 신경도 쓰지 않고 있었다.

설사 놈들이 자신을 찾아온다고 해도 지혁은 이제 겁이 나지 않았다.

지혁은 자신의 몸을 확인하기 위해 매일 훈련을 하고 있었는데 산을 뛰어 다니는데도 하나도 힘이 들지 않아 그를 곤혹스럽게 하고 있었다.

"도대체 심장이 어떻게 변해서 숨도 가쁘지 않는 거야? 몸도 이상하게 강해졌고 말이야."

지혁은 자신의 몸에 일어난 변화에 대해서 원인도 모르고 측정할 수도 없었지만 우선 강한 힘을 가지게 되어 나쁘지는 않았다.

타고난 순발력을 가지고 있어 어렸을 때부터 싸움을 해도 진 적이 없었지만 지금은 그런 정도가 아니라 거의 초인의 수준이 되어 있었다.

"아직 몸의 변화에 대해 완전히 아는 것은 아니지만 마치 무협지에 나오는 내공을 가지고 있는 것 같은 기분이네?"

무협지에서는 내공을 사용하면 손으로 차돌도 박살을 내고 나무도 부서뜨린다고 나와 있었는데 지금 자신은 그런 괴력을 내고 있었다.

우선은 속도가 엄청나게 빨라졌고 주먹으로 나무를 쳐도 주먹에는 아무런 이상이 없었다. 피부가 마치 강철처럼 변해 있다는 말이었다.

모두 무협지에서 나오는 내공의 특징과 유사했다.

"이 정도라면 어디 가서 맞지는 않고 다니겠네. 그래도 놈들에게는 총이 있으니 지금의 몸을 더욱 단련을 해야겠다. 위험은 사전에 예방하라고 했으니 말이다."

지혁은 그렇게 생각을 하며 산에서 내려오고 있었다.

이제부터는 자신의 몸을 단련하기 위해 인터넷의 동영상을 보며 무예를 익혀볼 생각을 하는 지혁이었다.

어렸을 때 몇 개의 운동을 배웠지만 모두 건강을 목적으로 하는 것들이었지 무술은 아니었다.

자신은 정식으로 무술을 배우지 못했기에 이제는 배워보고 싶다는 생각이 강하게 들었다.

"우선은 인터넷으로 보면서 동작을 눈으로 익혔다가 수련을 해보자. 그래도 부족하면 그때 가서 정식으로 배워도 늦지 않으니 말이다."

지혁은 이제 전과는 다르게 살 생각을 하였고 그렇게 하려면 자신이 먼저 준비를 해야겠다는 생각을 하게 되었다.

그는 조금씩 진취적으로 변하고 있었다. 지혁이 그런 생각을 하게 된 것은 신체의 변화 때문이기도 했지만 뇌가 개발되면서 조금씩 깨우치는 부분이 있었기 때문이다.

앞으로 얼마나 더 발전할지는 모르지만 지혁의 몸은 지금도 조금씩 변화하고 있는 중이었다.

아직 지혁이 자신의 몸에 대해 확실하게 알지를 못해 그렇지, 지금 그의 몸은 혹독하게 사용할수록 더욱 강해지는 그런 한계를 모르는 몸이 되어 있었다.

드드드!

그때, 핸드폰 진동음이 들렸다. 확인해 보니 성준이었다.

"어, 무슨 일이야?"

─전에 이야기한 전세 말이다. 지금 시간이 되면 나하고 같이 가자.

지혁은 무기명 채권 중에 다섯 장은 성준에게 주었고 그 것들을 현금으로 만들어 달라고 하였다.

성준에게도 돈을 주려 했지만 받지를 않아서 나중에 필 요하면 말하라고 해두었다.

"어디로 가면 되는데?"

─전에 만났던 호프집 앞으로 와라. 거기서 얼마 멀지 않 으니 말이다.

성준은 지혁을 만날 때는 항상 지혁이 있는 근처로 왔는 데 이는 지혁이 멀리 갈 수가 없어서였다.

매일 늦은 시간까지 알바를 하고 있는 지혁이었기에 성 준도 그런 지혁을 위해 집과 가까운 곳에서 술을 마셨다.

작지만 친구를 위한 배려의 차원에서였다.

"그래, 얼마나 걸리는데?"

─나는 출발을 했으니 한 이십 분 정도면 도착할 거다.

"알았다. 바로 준비하고 나갈게. 지금 산에서 내려가는 중이다."

지혁은 그렇게 말을 하고 전력으로 달리기 시작했다.

아직 낮이기는 하지만 사람이 없어서 지혁이 달려도 누가 볼 사람은 없었다.

동네의 작은 산이라 산책을 하는 사람이 많아야 하지만 동네가 하도 가난한 사람만 살고 있어서 그런지 산에 올라가는 사람은 거의 없었다.

휘이익!

지혁은 엄청난 속도로 산을 내려갔다.

그리고 거의 다 내려와서야 조금씩 속도를 줄였다.

"이거 정말 내가 생각해도 엄청난 능력을 가지게 되었네."

지혁은 지금 자신의 몸을 보며 놀라고 있었다.

그만큼 엄청난 능력을 가지게 되었기에 솔직히 두려움이 생기고 있었다.

"나중에 무슨 부작용이 생기는 것은 아닐까? 갑자기 이런 엄청난 능력을 사용하게 되었는데 어떻게 부작용이 없겠어?"

지혁은 자신의 몸에 일어나는 변화를 보며 매일 그런 생각이 떨쳐지지가 않았다.

혹시 이런 능력을 가지게 되면서 수명이 줄었는지도 모르는 일이었고 말이다.

　　　　　*　　　　*　　　　*

　지혁은 머리를 흔들고는 빠르게 집으로 갔다.

　지금은 잡생각을 하는 것보다 강한 능력을 어떻게 이용할 것인지를 생각하는 것이 더 좋다는 생각이 들어서였다.

　간단하게 세면을 하고 옷을 갈아입은 지혁은 약속 장소로 이동을 하였다.

　"여, 빨리도 왔네. 산에서 내려온다고 하더니 거의 다 내려왔던 모양이네."

　성준은 지혁이 산에서 내려간다는 말에 조금 기다려야겠다는 생각을 하였는데 시간을 지킨 것을 보고는 거의 다 내려왔었다고 생각했다.

　"어디냐? 그 집이?"

　"가자, 그리 멀지 않으니 말이다."

　성준은 그렇게 지혁과 같이 이동을 하게 되었다.

　그들이 도착한 집은 빌라가 있는 곳이었는데 3층에 있는 303호였다.

　"여기다. 주인이 없어서 내가 비번을 알아 가지고 왔으니 들어가서 구경을 하자."

　성준은 그렇게 말하고는 비번을 눌러 문을 열었다.

문이 열리자 안에는 그동안 환기를 시키지 않았는지 꿉꿉한 냄새가 났다.

"사람이 살지 않는 모양이네?"

"한 일 년 정도 사람이 안 들어와서 이대로 두고 있다 들었다."

빌라는 그래도 상당히 인테리어가 잘 꾸며져 있었고 방도 세 개에 욕실도 두 개나 되는 제법 평수가 되는 집이었다.

무엇보다도 거실의 창문이 커서 베란다 문을 열면 바로 산이 보였다.

지혁은 이 집이 마음에 들었다.

"이거는 얼마를 달라고 하냐?"

"이 집은 은행에 융자를 받지 않아서 그냥 일억만 달라고 하더라. 계약 기간이 삼 년은 되어야 한다고 하면서 말이야."

"집주인은 어디 가고?"

"집주인이 지금 해외에 있는데 거기 일이 그 정도는 되어야 마칠 수 있다고 하네."

지혁은 삼 년이면 딱 적당하다는 생각이 들었다.

자신이 요즘 놀고는 있지만 계속 이러고 있지는 않을 것이니 이번 기회에 무언가를 해볼 생각을 하고 있는 중이었다.

단지 아직 경험도 없고 아는 것이 없어 그렇지 시간이 지나면 달라질 거라고 확신하는 지혁이었다.

"바로 계약하자. 그런데 주인이 없는데 어떻게 계약을 하냐?"

"자식이, 내가 괜히 여기 왔겠냐? 대리인 자격으로 와 있는 거지. 여기 계약서 있으니 사인만 해라. 그리고 짐은 그냥 사용하라고 하는데 마음에 들지 않으면 버려도 된다고 했으니 알아서 처리를 해라."

집주인이 누구인지는 모르지만 자신의 눈으로 보기에는 가구들이 아직은 깨끗해 보였다.

"알았다. 나는 그냥 사용해도 상관이 없지만 수진이 방은 새로 꾸며줄려고. 처음으로 해주는 방인데 신경을 써야지."

"하하하, 하여튼 너는 동생에 대한 사랑 하나는 끝내준다."

동생만 생각하는 팔불출이라고 말하는 사람들도 있지만 지혁은 그런 말을 들어도 상관이 없었다.

실제로 수진을 그만큼 챙겨주고 있는 것도 사실이었고 말이다.

이 세상에 가족이라고는 수진이 유일했고 그런 가족을

위하는 것은 당연한 일이라고 생각하는 지혁이었다.

"바로 계약하자. 내일부터 바로 들어와도 되는 거지?"

"그럼, 비어 있는 집인데 지금 들어와도 되지."

지혁이 집을 둘러보니 도배는 새로 하지 않아도 될 것 같아 바로 이사를 결심하게 되었다.

"채권은 어떻게 전부 교환했냐?"

"내 차에 있으니 가면서 줄게."

"거기서 전세금 빼고 주면 되지."

"알았다. 그리고 비번은 알아서 바꿔라. 혹시 모르니 말이다."

과거에 살았던 사람과 친한 사람이 올지도 모르는 일이기에 하는 소리였다.

"그거야 알아서 할게."

성준은 차에 도착하자 뒷자리에서 가방을 꺼냈다.

"전세금은 안 빼?"

"그 돈은 그냥 가지고 가고, 나머지 채권은 어떻게 할래? 구하려고 하는 분이 있는데 팔래?"

성준은 지혁이 채권을 가지고 있는 것이 솔직히 불안해서 하는 소리였다.

"누가 산다고 하는데?"

"은행에 오시는 분 중에 그런 거를 사려고 하는 사람이 많아서 그런다. 은밀하게 비자금을 만들려고 하는 이들이 생각보다 많아. 돈을 더 주지는 않지만 나에게는 실적이 높아지는 일이니 하려는 거지."

"그러면 집에 와서 모두 가지고 가라."

지혁은 가지고 있는 채권을 모두 주려고 하였다.

파는 거야 성준이 알아서 해줄 것이라고 생각하면 그만이었다.

성준이 돈 때문에 친구를 배신하는 그런 인간이 아니라는 것을 믿고 있어서였다.

성준은 그렇게 채권을 가지고 갔고 지혁은 성준이 주고 간 가방을 열어 안에 있는 오만 원권 지폐를 보고 있었다.

"오십만 원이 없어서 수진이 컴퓨터도 중고로 샀는데 이제는 오억이라는 현금을 보고 있어도 떨리지가 않네."

지혁은 자신의 변한 모습이 이상하게 느껴졌다.

그래도 없는 것보다는 있는 것이 낫다는 생각이 들었고 동생인 수진이를 이제는 확실하게 뒷바라지해 줄 수가 있게 되었다는 것이 진심으로 기뻤다.

"그래, 우리 수진이만 잘살 수 있다면 좋은 거지. 내가 나쁜 놈들의 돈을 사용하는 것도 다 수진이를 위해서 그런 것이니 하늘도 그런 나를 용서해 줄 거야."

지혁은 그렇게 자신의 행동을 좋게 포장을 하고 있었다.

현대는 이기주의 사회라고 할 정도로 타인에 대해서는 배척하는 이들이 많았다.

지혁도 그런 사회에서 생활을 하니 당연히 그렇게 변해가고 있었고 말이다.

돈이 없어도 자존심 하나로 지금까지 살아왔지만 이제는 충분히 사는데 걱정하지 않아도 될 정도의 자금을 가지고 있으니 동생인 수진도 편하게 살 수가 있을 것이라고 생각했다.

지혁은 수진에게 이야기하지 않은 상태에서 이사를 갈 집에 대한 공사를 하게 되었다.

다른 곳은 몰라도 수진이의 방은 다른 집 아이들처럼, 아니, 그보다 더 멋지게 해주고 싶다는 생각에서였다.

5일의 공사 기간 동안 빌라는 아주 멋진 집으로 새롭게 탄생했다.

그 기간 동안 지혁은 친구인 성준이 교환해 준 돈을 받았고 성준의 도움으로 은행에 통장과 비밀 금고를 대여하게 되었다.

자금은 최대한 비밀 금고에 보관을 하였는데 이는 아직 수입이 없는 지혁의 입장에서는 그 많은 돈을 입금할 수가 없어서였다.

친구인 성준 역시 지혁에게 받은 무기명 채권을 필요한 사람들에게 주선해 주면서 고맙다는 인사비로 근 일억 원의 돈을 받아서 서로에게 아주 좋은 일이었다. 성준이 교환한 무기명 채권은 오십억 원에 달했다.

"수고하셨습니다. 여기 잔금입니다."

지혁은 공사하는 인부들에게 현금을 찾아서 주는 것처럼 돈을 주었다.

인터넷으로 입금해 주는 요즈음 굳이 봉투에 현금을 담아 주는 것에 대해서 공사를 하였던 사장은 입가에 미소를 지었다.

"하하하, 이렇게 돈을 받으니 이거 기분이 새롭습니다."

"요즘은 현금으로 공사비를 주지 않나요?"

"아니요. 작은 돈은 현금으로 주기도 합니다. 그렇지만 지금처럼 적지 않은 금액은 현금 대신에 인터넷으로 입금을 해주고 있지요."

"그렇군요. 아무튼 공사를 아주 잘해주셔서 고맙습니다."

지혁은 무엇보다도 동생인 수진이의 방이 아주 마음에 들었다.

책상과 침대 그리고 옷장 등은 모두 요즘 유행하는 스타일로 꾸며져서 지혁이 보기에도 아주 마음이 들었다.

공사를 마쳤으니 이제는 가전제품을 사야 했다.

지혁은 그렇게 모든 준비를 마치고 나서 그날 저녁 동생인 수진이 오기만을 기다리고 있었다.

이미 집주인에게는 이사를 간다는 말을 하였기에 문제는 없었다.

"오빠, 나 왔어."

"우리 수진이 오늘도 공부 열심히 했니?"

"응, 열심히 했지."

지혁과 수진이의 대화는 마치 다정한 친구들이 하는 대화처럼 좋아 보였다.

"오늘 오빠가 우리 수진이를 위해 가야 할 곳이 있는데 같이 갈래?"

수진이는 오빠가 갑자기 함께 가자고 하는 소리에 의문스러운 얼굴을 하였다.

"어디를 가는데 같이 가자고 하는 거야?"

수진이는 오빠가 이렇게 함께 가자고 하는 일은 거의 없어서 묻는 말이었다.

"가보면 아니까 어서 가자."

지혁은 동생에게 집을 보여주고 싶어서 빨리 가고 싶었다.

수진이도 갑자기 오빠가 어디로 가자고 하니 궁금하기도

해서 그런 오빠를 따라 가게 되었다.

지금 사는 집과 걸어서 십 분 정도의 거리였기에 지혁은 수진을 데리고 이사를 갈 집으로 걸어서 이동했다.

그리고 어떤 빌라의 3층으로 올라가 문 앞에 섰다.

"여기 비밀번호를 잘 기억해야 한다."

지혁은 그렇게 말을 하며 비밀번호를 알려주었다.

안으로 들어가자 가장 먼저 수진이를 위해 꾸민 방을 구경시켜 주었다.

수진이 방문을 여는 오빠를 따라 안으로 들어가니 안에는 자신이 좋아하는 것으로만 아주 잘 꾸며져 있어 놀란 소리가 절로 나오게 되었다.

"아! 여기는 정말 나하고 취향이 같은 여자가 사는 방인 것 같아. 그치 오빠?"

그런 수진의 말에 지혁은 입가에 부드러운 미소를 지었다.

"그래, 이제 여기가 앞으로 수진이가 살아야 하는 방이야."

"정말? 오빠가 어떻게 이런 집을 구한 거야?"

수진이는 믿어지지가 않는 얼굴을 하였다.

"원래 살던 분이 해외로 나가게 되어 오빠가 여기서 살게 되었어, 오빠 친구인 성준이가 소개해 주어서 이제 여기서 살게 된 거야."

성준이에 대해서는 수진이도 알고 있었다.

제법 잘나가는 회사에서 근무하고 있는 것으로 알고 있었다.

자신이 알기로 오빠가 항상 도움을 외면하고 있다며 투덜거리는 오빠의 친구였다.

"정말로 이제는 여기서 사는 거야?"

수진이는 다른 것보다 이제 자신의 방이 생겼다는 것에 무엇보다도 기뻐하고 있었다.

사실 수진이도 오빠와 한 방에 살고 있다는 것이 불편하기는 했다.

특히 달거리를 하는 날이 되면 수진이도 오빠의 눈치를 보아야 했기에 불편한 것은 사실이었다.

지혁은 수진이가 행복해하는 얼굴을 보니 아주 잘했다는 생각이 절로 들었다.

아직도 돈은 많이 있기 때문에 이제는 동생인 수진이가 하고 싶은 것은 모두 해결해 줄 수가 있다는 생각에 지혁도 즐거운 표정을 지었다.

지혁의 머릿속에는 자신의 행복보다는 동생의 행복이 우선이라는 인식을 가지고 있었다.

"그래, 오늘부터는 여기가 수진이의 개인 방이니 친구들

하고 같이 공부를 할 수도 있어."

수진이는 평소에도 친구들과 함께 공부하고 싶어 했지만 그동안 여건이 좋지 않아 못했다.

방이 하나밖에 없으니 오빠인 지혁이 오면 친구들과 같이 있는 것이 곤란해서였다.

"와아, 정말 좋다. 헤헤."

수진이는 자신의 방이 너무 마음에 들었다.

오빠가 이런 집을 어떻게 구했는지는 모르지만 이제는 자신의 방이 생겨서 좋았고 솔직히 친구들을 데리고 와도 이제 창피하지 않다는 사실이 수진이를 더욱 기분 좋게 해주었다.

'녀석, 저렇게 좋을까?'

지혁은 수진이 지금 너무 행복해하는 모습을 보니 기분이 좋기도 했지만 한편으로는 마음이 아팠다.

자신이 수진이에게 해주지 못한 것이 많다는 생각이 들어서였다.

부모님이 돌아가시고 나서 수진이를 최선을 다해 돌보고는 있었지만 그래도 경제적인 부분은 자신도 어쩌지 못하고 있었다.

직장을 구하려고 하여도 구해지지가 않아서 결국 알바 자리를 구해서 생활비를 벌었다.

당연히 한 명의 알바비로는 두 명이나 되는 가족이 풍족한 생활을 할 수가 없었다.

'하긴, 지금까지 자기 방도 없이 생활했으니 좋기도 하겠네.'

지혁은 동생을 보며 미안한 생각이 들었다.

자신이 능력이 없어서 그동안 동생에을 힘들게 했다는 생각이 들어서였다.

"방은 마음에 드니?"

"응, 오빠 정말 마음에 들어 고마워. 오빠."

"하하하, 수진이가 마음에 든다고 하니 오빠도 좋다."

"그런데 우리 오늘부터 여기서 사는 거야?"

수진이는 무언가를 간절히 원하는 그런 눈빛을 하며 물었다.

"그래, 오늘부터는 여기서 살 거야."

지혁의 대답에 수진이의 눈동자에 기쁨이 가득 찼다.

"아이, 좋아라."

수진이는 자신의 방을 구경하며 정말 행복한 얼굴을 하였다.

동생과 집 구경을 마친 지혁은 바로 이사를 시작했다.

짐이 그리 많지가 않아서인지 이사는 금방 끝났다.

수진이는 이사를 하고 나서부터는 아주 밝은 얼굴을 하

며 생활했고 그런 동생을 보는 지혁을 즐겁게 해주었다.

새로운 보금자리에 자리를 잡은 지혁에게는 한 가지 고민이 있었다.

"이제 이사도 했지만 아직 나의 몸에 대해서는 아는 것이 하나도 없으니 좀 그러네."

지혁은 자신의 몸에 일어난 변화에 대해 사실 많이 걱정을 하고 있었다.

처음에는 이렇게 강력한 힘이 생겼다는 생각에 나쁘게 생각하지 않았는데 지금은 혹시 부작용이 있는지가 걱정이 되었다.

"내가 걱정한다고 해서 알 수 있는 문제는 아니니 우선은 몸을 더욱 강하게 만드는 것이 좋겠다. 강하게 되면 나중에 무슨 일이 생겨도 어느 정도는 견딜 수 있을지도 모르니 말이야."

지혁은 가장 중요한 것이 자신의 몸이라는 생각을 하였다.

사실 몸뚱이 하나 가지고 먹고 사는 사람들이라면 아마도 모두 지혁과 같은 생각을 할 것이다. 지혁도 얼마 전까지 몸뚱이 하나만 믿고 살았던 가장이었다.

지혁은 생각을 마치고는 바로 인터넷을 뒤지기 시작했다.

자신의 괴물같은 몸을 강하게 단련하려면 일반적인 방법으로는 힘들 것이라고 생각이 들었다.

게다가 자신의 몸에 대해서 남에게 말하지 못하는 입장이기에 정상적으로 배움을 가질 수는 없을 것이라고 판단을 하여 인터넷의 동영상을 보며 배우려고 하는 중이었다.

"요즘은 인터넷이 발달되어 어지간한 것들은 모두 찾을 수가 있으니 우선 동작을 먼저 배우는 것이 좋겠다. 지금 나의 몸이라면 무엇이든지 충분히 할 수 있을 것이고 말이야."

지혁은 지금의 몸이라면 무엇을 해도 할 수 있을 것이라는 자신감을 가지고 있었다.

물론 그만큼 부담을 가지고 있는 것도 사실이었지만 말이다.

당분간은, 아니, 어쩌면 평생 동안 돈 걱정은 하지 않아도 되니 몸을 만드는 데 전념할 수 있었다.

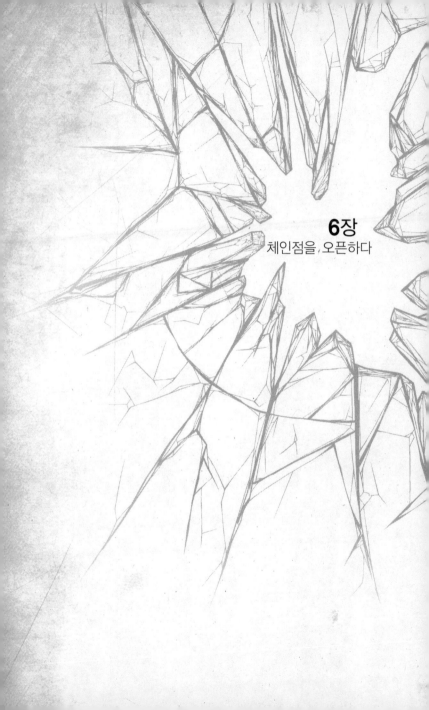

6장
체인점을, 오픈하다

　지혁이 이렇게 수련을 하려하고 있을 때, 일본의 다이쇼 제약 사장인 마시유로의 수하인 마사끼는 지금 한국에 와 있었다.

　"아직까지 알아낸 정보가 없다는 말인가?"

　"누군지는 모르지만 아주 교묘하게 카메라를 피하는 바람에 정체를 알 수가 없었습니다."

　"그러면 그놈이 가지고 간 금이나 다른 것들이 있지 않나?"

　"자금에 대한 추적은 지금도 하고 있지만 상대도 상당한 실력을 가지고 있어서인지 아직도 추적이 되지 않습니다. 아주 교묘합니다. 추적조에서는 전문가라는 말만 나오고 있습니다."

마사끼는 이번 사건의 범인이 아주 작정을 하고 범행을 하였다는 생각이 들었다.

"그러면 놈에 대한 단서는 아직도 없는 건가?"

"예, 경찰의 도움을 받아 주변의 카메라를 모두 뒤졌지만 그 어떤 흔적도 없습니다."

이들은 주변에 있는 카메라를 모두 뒤졌지만 단서는 나오지 않았다. 카메라에 나오는 자들은 그냥 평범한 이들이었고 확실한 알리바이가 있는 자들이었다.

지혁이 이들의 정보망에 걸리지 않은 이유는 바로 지혁이 이들에게 선택된 실험체였기 때문이었다.

연구소에 있는 이들은 상대를 고르게 되면 주변의 모든 카메라에서 대상을 지워 버려 절대 추적할 수 없도록 하였는데, 그런 부분이 지금 이들의 발목을 잡고 있었다.

"도대체 어떤 놈의 짓이란 말인가? 마치 유령을 상대하는 기분이지 않는가 말이야?"

"저도 그렇게 생각이 듭니다. 정말 이렇게까지 확실하게 흔적을 지우는 것을 보니 귀신같은 놈입니다."

"귀신이 아니라 그 할아비라도 우리는 잡아야 하니 지금은 놈이 가지고 간 것들이 시장에 나와 있는지 조사하도록 해라. 놈이 그냥 가지고 있지는 않을 것이니 반드시 사용하게 될 것이다. 급하게 서둘지 말고 시간을 가지고 천천히 찾아도 되니 조금 더 세밀하게 조사를 해라."

"알겠습니다. 그렇게 하겠습니다."

마사끼는 이번 일은 조금 힘들 것 같다는 생각이 강하게 머릿속을 울리는 기분이었다.

유령 같은 놈을 찾으라고 하니… 정말 기분이 좋지 않았다.

지혁의 무기명 채권을 팔아준 성준은 누군지는 모르겠지만 반드시 채권을 추적할 것이라 생각하여 아무도 모르게 거래를 하였는데 이는 거래 상대 역시 마찬가지였기에 이들이 찾을 수가 없었던 것이다.

성준과 거래를 하였던 상대는 비자금을 만들기 위해 채권을 구입하였기에 당장 사용할 일이 없어서 보관만 하고 있으니 이들이 아무리 세밀하게 조사하여도 채권을 찾을 방법은 없었다.

지혁이 가지고 있는 해외의 계좌 역시 성준의 도움으로 찾을 수가 없게 되었고 말이다.

지혁 자신은 성준으로 인해 얼마나 위험한 상황에서 빠져나가게 되었는지를 모르고 있지만 말이다.

"성준아, 오늘은 일찍 마치냐?"

─너, 요즘 아주 살 만한 모양이다.

"흐흐흐, 자식이. 엉아가 친구 덕분에 요즘 아주 살맛이 난다. 고맙다."

지혁은 성준의 도움으로 자금에 걱정 없이 살 수 있게 된 것을 고맙게 생각하고 있었다.

─말로만 그러지 말고 오늘은 삼겹살에 소주나 사라.

"그 정도는 언제든지 말해라. 바로 쏠게."

─알았다. 그러면 저녁에 퇴근하고 연락할게.

"알았다."

지혁은 자신의 금고에 현찰을 보관하고 있었는데 일부의 돈은 은행에 넣어 두었다.

나중에 문제가 생기지 않으려면 큰돈은 넣을 수 없어 이천만 원 정도만 은행에 넣어 두었다.

이는 자동이체를 나가야 하는 돈도 있고 은행과 거래하는 실적도 있어야 했기에 취한 행동이었다.

지혁도 지금은 수련을 위해 놀고 있지만 어느 정도만 되면 다른 일을 하려고 생각하고 있었다.

저녁이 되어 성준과 만난 지혁은 가까운 삼겹살집으로 가서 소주를 마시고 있었다.

"너, 요즘 뭐하고 사냐?"

"응, 몸을 단련하기 위해 무술을 배우고 있는 중이다."

"무술을 수련한다고? 나중에 체육관 차릴 생각이냐?"

성준은 갑자기 무술을 수련한다고 하니 의문스러운 눈빛을 하였다.

지혁은 그런 성준을 보며 입가에 미소를 지으며 대답을 해주었다.

"아니. 그동안 몸이 좋지 않았는데 이번에는 확실하게 몸을 만들고 있는 중이다. 그냥 헬스를 하는 것보다는 그래도 무언가 도움이 되라고 무술을 배우고 있다."

성준은 지혁이 타고난 싸움꾼이라는 사실을 알고 있었다.

"무술을 배워서 누구 패려고 하냐? 갑자기 무슨 무술타령이냐?"

"자식이, 내가 패줄 놈이 있기나 하냐? 그냥 몸 생각해서 하는 거다."

지혁은 자신의 변한 몸에 대해서는 누구에게도 말하고 싶지 않았다.

자신의 몸에 대한 이야기를 하면 성준도 놀랄 것이고, 그로 인해 좋지 않은 일이 생길 수도 있다는 생각이 들어서였다.

솔직히 자신과 같은 사고를 당한 사람이라면 아마도 누

구나 자신과 같은 생각을 할 것이라는 생각이 들었다.

"그런데 언제까지 그러고 있을 생각인데?"

"아직은… 몸을 먼저 만들고 나서 뭐라도 해야겠지."

"흠, 생각하는 것은 있고?"

성준의 물음에 지혁은 바로 대답하지 못했다.

사실 사업을 해보고 싶은 마음은 있지만 자신은 경험이 없었고 그런 경험도 없이 했다가는 말아먹기 딱 좋았기에 망설이고 있었다.

"아직 확실하게 이거라고 하는 것은 없지만 그래도 그냥 빈둥거릴 수는 없잖아."

지혁의 말에 성준은 무언가를 생각하는 얼굴이었다.

"내가 생각하기로는 이렇게 하는 것이 어떨까하는 데……."

"뭔데?"

"그러니까……."

성준은 그러면서 자신이 생각하던 이야기를 술술 풀기 시작했다.

성준이 생각한 일은 바로 체인점이었다.

요즘 유행하는 체인점으로 식사를 하는 가게였는데 목만 좋으면 절대로 망하지 않는다고 소문난 장사이기도 했다.

경험이 없어도 기본적인 지식만 있으면 할 수 있는 일이기도 했다.

"흠, 체인점이라… 그거 괜찮을까?"

"자금이 충분하니 충분히 할 수 있는 장사라는 생각이 들어서 권하는 거다."

성준의 이야기를 듣고 있는 지혁도 체인점이라면 자신도 시간을 뺄 수가 있을 것 같은 생각이 들기는 했다.

"가장 중요한 것은 수진이가 친구들에게 말하기도 좋다는 점이다. 솔직히 오빠는 뭐하냐는 말을 들으면 수진이도 대답을 못하고 있잖아."

성준의 그 말에 지혁은 예전에 수진이가 친구들과 대화를 할 때가 생각이 났다.

우연히 길에서 수다를 떨고있는 수연이와 친구들을 발견했었다.

그때 한 친구가 수진에게 오빠는 뭐하냐는 질문을 하였는데 수진이는 지혁이 알바를 하고 있다는 말을 하지 못하고 그냥 얼버무리는 것을 보게 되었다.

결국 인사라도 하려던 지혁은 아무 내색도 못하고 모른 척 갈 수밖에 없었다.

'그래, 우리 수진이를 생각해서라도 긍정적으로 생각을 하자.'

지혁은 그렇게 결정을 내리면서 이내 성준을 보았다.

"그래, 수진이를 생각해서라도 그렇게 하자. 그런데 한 번에 많은 자금을 투입하면 문제가 된다고 하지 않았냐?"

"그거는 내가 알아서 조절을 해줄게. 우선 내가 너에게 자금을 일부 빌려주는 것으로 하고 나머지는 은행권에서 대출을 받는 것으로 시작하자. 어느 정도 지나고 대출을 갚으면 되니 말이다."

성준은 지혁이 생각지 못했던 부분들을 아주 세밀하게 말해 주었다.

지혁은 그런 성준을 그냥 보고만 있었다.

정말 고마운 친구라는 생각을 하면서 말이다.

"왜? 내가 갑자기 존경스럽게 보이냐?"

"그래, 정말 존경스럽게 보인다. 임마."

지혁의 대답에 성준은 크게 웃었다.

"하하하, 천하의 정지혁이도 나를 존경하겠다는데 누가 뭐라고 하겠냐."

둘이는 그렇게 즐겁게 대화를 나누었다.

그때 수진이는 친구들과 함께 공부를 한다고 집으로 데리고 와서 자신의 방에 들어가 있었다.

"어머? 여기가 정말 너의 방이니?"

"응, 어때. 괜찮지?"

"그래, 정말 잘 꾸며 놓았는데?"

친구들에게 자랑을 하고 싶어 데리고 왔는데 모두 자신의 방을 보며 부러운 눈빛을 하자 수진이는 아주 흐뭇한 미소를 짓고 있었다.

그동안 친구들이 자신의 집에 오고 싶어 했지만 방이 하나밖에 없어 데리고 오지를 못했는데 이제는 그렇게 하지 않아도 되었기에 수진이는 너무 기분이 좋았다.

냉장고에는 오빠가 늘 과일과 마실 것을 가득 채워두고 있어 수진이는 이제 먹는 것에도 재미를 느끼고 있을 정도였다.

용돈도 풍족하게 주니 요즘은 기분이 좋을 수밖에 없었다.

*　　　*　　　*

지혁은 성준의 도움으로 새로운 체인점을 오픈하게 되었다.

먹거리를 다루는 업종이기 때문에 종업원들에 대한 교육도 해야 하지만 이는 본사에서 해주기 때문에 지혁이 해야 하는 일은 거의 없었다.

자금도 성준이 대출을 받을 수 있게 보증을 서주어 상당한 금액을 받을 수 있어서 개업을 하는 데에는 크게 문제가 없었다.

"축하한다. 이제는 사장님이네."

성준은 지혁의 집에 와서 수진이와 같이 식사를 하면서 그렇게 말했다.

수진이는 오빠인 지혁이 사장님이 된다는 소리에 눈이 동그래져 있었다.

"그게 무슨 소리야? 사장님이라니?"

"아, 수진이는 모르겠구나, 사실 그동안 너의 오빠가 체인점을 오픈한다고 돌아다니고 있었다. 물론 그렇게 할 수 있었던 것은 이 오빠의 힘이 많이 들어갔지만 말이다. 하하하!"

성준의 자랑스러운 말에 수진이는 미소를 지었다.

"호호호, 오빠는 다 좋은데 그게 가장 문제야. 그러니 해주고도 욕을 먹는 거야. 알아?"

수진의 말에 성준은 수진을 보며 그냥 히죽 하고 웃고 말았다.

언제나 변하지 않는 그런 모습이었고 지혁은 그런 성준과 수진을 보며 미소를 지었다.

"수진아, 이제 오빠가 먹는장사를 하니 앞으로 친구들에게도 가게 선전을 많이 해줘야 한다. 알겠지?"

"어떤 것인데?"

"응, 요즘 잘나가는 체인점인데 카페처럼 식사도 하고 차도 마실 수 있는 곳이야. 체리파코라는 체인점이라 너도 알지 모르겠다."

"오빠, 정말 체리파코 체인점을 하는 거야?"

수진이는 이름을 말하니 눈이 커지며 물었다.

"응, 그거로 하라고 성준이가 추천해 줬어."

"대박이다. 오빠, 요즘 학생들에게는 거기가 최고로 유명한 장소야."

체리파코는 요즘 유행하는 체인점이었는데 학생들에게 인기가 좋은 곳이었다.

학생들은 차를 마시지는 않지만 식사 메뉴를 주로 젊은 고객을 대상으로 만들기 때문에 학생들이 자주 찾는 명소로 자리를 잡아가고 있었다.

"학생들이 많이 오는 곳이라면 수진이 친구들도 오겠네?"

"당연히 가지. 내 친구들한테도 거기 자주 간다는 말을 들어, 오빠."

수진이의 이야기를 들으며 지혁은 그동안 수진이는 그런 곳에 가고 싶어도 가지 못했다는 사실을 알게 되었다.

요즘은 돈이 없으면 친구들에게도 외면을 받는다고 말을 들었지만 자신의 동생은 아니라고 생각했는데 지금 수진이가 하는 말을 들어보니 그것도 자신의 잘못된 생각이라는 것을 알게 되었다.

'그동안 마음고생이 많았겠지만 이제는 그런 고생을 시키지 않을 테니 걱정 마라.'

지혁은 내심 그렇게 생각하며 앞으로는 정말 동생에게 잘해줘야겠다는 생각을 하였다.

"그러면 앞으로 오빠의 가게는 수진이가 광고를 하고 다녀야겠네. 오빠를 위해서 말이다."

"호호호, 오빠가 체리파코를 개업하면 내 친구들은 모두 데리고 갈게."

"친구만 데리고 오는 거야?"

지혁의 반문에 수진은 입가에 미소를 지으며 대답했다.

"내가 학교에도 소문을 내서 학생들이 많이 가게 해줄게, 오빠."

수진이의 학교 학생만 끌어들여도 성공했다고 할 수 있었다.

지혁은 자신이 그런 장사를 하겠다고 하니 수진이의 얼굴색이 달라지는 것을 보고는 참 잘했다는 생각이 들었다.

"그래, 우리 수진이가 적극적으로 도움을 준다고 하니 오빠도 힘이 나네."

"헤헤, 오빠가 그런 장사를 한다고 하니 내가 친구들에게 소문을 내줄게."

수진이는 그 이후로도 몇 번이나 친구들을 데려가겠다고 말했다.

오빠인 지혁이 사장이라는 소리에 지금 신이 난 상태였다.

이제는 친구들에게도 오빠의 직업을 떳떳하게 말할 수가 있어서 기분이 좋았기 때문이다.

'그래, 우리 수진이가 저렇게 기뻐하는데 더 이상 무슨 말이 필요하겠어.'

지혁은 끊임없이 동생을 위해 무언가라도 해주고 싶은 마음이었다.

자신이야 어렸을 때는 아버지가 사업을 했기에 부유하게 살았지만, 동생인 수진이는 그런 것도 없이 힘들게 살아왔기 때문에 오빠로서 무언가 보상을 해주고 싶어서였다.

그렇게 지혁의 체인점은 문을 열게 되었다.

체리파코는 퓨전 레스토랑 같은 분위기의 장소였기에 어른이나 아이들에게 모두 가고 싶어 하는 곳으로 자리를 잡고 있는 그런 곳이었다.

음식도 수준급이라 제법 고급스러운 식사라는 말을 듣고

있었고 말이다.

개업식을 거창하게 마친 지혁은 오늘 상당히 신경을 써서 그런지 얼굴이 조금 힘들어 보였다.

"오빠, 오늘 힘들었지?"

"오빠보다는 우리 수진이가 고생이 많았다. 친구들도 그렇고 말이야."

오늘 개업식에는 수진이의 친구들이 대거 투입이 되어 상당한 도움을 주었다. 덕분에 아주 성황리에 마칠 수가 있었다.

물론 친구들에게는 충분한 보상을 해주어서 친구들이 수진을 보는 시선이 달라지기도 했다.

"헤헤, 앞으로 시간이 나면 나도 도와줄게."

"수진아, 장사는 오빠가 하면 되니 너는 공부에 더 신경을 써라. 오빠는 수진이가 대학에 들어가서 도와주었으면 한다."

"공부도 하고 가게일도 도와주면 되지 않아?"

수진이가 전교에서도 상위급의 성적을 가지고 있다는 사실을 알고 있지만, 그래도 자신의 동생이 가게 일 때문에 시간을 내는 것은 지혁이 바라는 일이 아니었다.

"수진이가 지금까지 고생하며 성적을 올린 것은 오빠도 항상 대단하다고 생각하고 있어, 힘들 때도 열심히 해주었으니 이제는 더욱 공부에 신경을 써줄 것이라고 오빠는 믿는다. 물론 친구들과 식사를 하고 싶어서 오는 것이라면 반대하지 않을게."

수진이도 오빠가 하는 말이 무슨 소리인지를 모르지 않았지만 그래도 오빠가 항상 자신을 위해 고생한다는 생각을 하고 있어서 그런 말을 하였던 것이다.

언제나 자신을 위해 희생하려는 오빠가 수진은 정말 미안하고 좋았다.

"오빠가 그렇게 원하면 그렇게 할게. 그래도 나 가게에 놀러가고 싶을 때는 갈 거야."

"그 정도는 언제든지 와라. 사장의 동생이 와서 먹는 거야 누가 거부하겠냐? 오빠는 환영이니 눈치 보지 말고 와라."

지혁은 수진이 언제든지 친구들과 와서 먹고 가라고 하였다.

그 정도는 충분히 해줄 수 있는 일이었다.

어차피 장사를 하는 이유도 수진이 때문이었는데 그런 동생이 눈치를 보며 오게 할 수는 없었다.

"고마워, 그래도 내가 시간이 되면 도와주고 싶어."

수진이는 오빠가 처음으로 장사를 하는 것이고 정말 도와주고 싶은 마음에서 하는 말이었다.

지혁도 그런 수진을 보며 자신을 생각하는 마음을 느낄 수가 있었다.

"수진이가 그렇게 생각해 주는 것도 오빠는 고맙지만 그래도 공부에 신경을 써주면 더 좋을 것 같아. 나중에 수진이가 대학에 들어가면 그래도 상관이 없지만 지금은 아니라고 생각해."

지혁은 차분한 음성으로 수진을 다독였다.

수진이도 지혁의 눈을 보고는 자신이 지금 오빠에게 억지를 부리고 있다는 사실을 느끼게 되었다.

"하지만……."

"수진아, 오빠는 너의 마음만으로도 항상 고맙다는 생각이 든다. 그러니 지금은 오빠 말을 들어 주었으면 좋겠다."

지혁의 음성이 강해지자 수진이도 더 이상은 거부할 수가 없었는지 마지못해 대답을 했다.

"알았어, 그렇게 할게."

조금은 힘이 없는 음성이었지만 지혁은 그런 수진의 머리를 쓰다듬어 주었다.

"그래, 우리 착한 수진이는 오빠 말도 잘 들어. 그치?"

"치잇! 말을 잘 들어야 나중에 놀러 오지."

"하하하, 가게에 오고 싶으면 언제든지 오라고 했잖니. 그냥 편하게 오고 싶으면 와라."

지혁은 수진이의 반응에 크게 웃으면서 행복을 만끽하고 있었다.

지혁이 지금 평범한 사람들이 대출을 받아 사업을 하는 것처럼 위장하고 있지만 실질적으로는 그렇게 많은 자금을 빌리지도 않았다.

사실 무려 오억이라는 자금을 투자하여 사업을 시작했지만 사실 망해도 크게 걱정이 없었다.

그렇게 엄청난 자금을 가지고 있는 지혁이었지만 아직은 소시민의 근성을 벗어버리지 못하고 있었다. 실제로 이번 사업에 투자하는 자금 때문에 겁이 나서 성준을 달달 볶기도 했다.

수진이 자신의 방에 들어가자 지혁은 혼자 조용히 베란다로 나갔다.

지혁의 입에는 담배가 물려 있었는데 이사를 오면서는 담배도 베란다에서만 피고 있었다.

안에 담배 냄새가 나지 않게 하려고 말이다.

"휴우, 오랜만에 피는 담배라 그런지 조금 어지럽네."

지혁은 가게를 오픈한다고 그동안 조금 바쁘게 움직여 담배도 피지 못하고 있었다.

사실 가게를 운영한다고 돈을 사용하였지만 혹시나 하는 마음에 걱정이 되어 조심스럽게 돈을 사용하고 있었다.

놈들이 자금이 사라진 것을 알고도 그냥 있지는 않을 것이라는 생각이 들어서였다.

지혁은 가게를 오픈하고 어느 정도까지만 운영이 되면 놈들에 대한 조사를 해볼 생각이었다.

"나만 그런 일을 당한 것이 아니라 다른 이들도 나와 같은 일을 당했을 테니… 가만있지 말고 놈들에 대한 조사를 은밀하게 해봐야겠다. 다른 사람들은 어떻게 되었는지도 궁금하고 말이야."

지혁이 궁금한 것은 바로 자신과 같은 처지에 있는 이들이 어떻게 지내고 있는지가 알고 싶었다.

자신과 같은 반응을 보이는 사람이 있는지, 아니면 자신만 이런 반응이 나오는 것인지를 알아야 자신도 대처할 수가 있다는 생각이 들어서였다.

솔직히 누구에게 말을 못하고 있지만 항상 마음이 불안한 것은 사실이었다.

"만약에 나와 같은 이가 없다면 나는 어떻게 해야 하지?"

지혁은 지금 자신이 가지고 있는 이 엄청난 힘을 보고 두려움을 느끼고 있었다.

아직 확실하게 모든 힘을 측정하지는 않았지만 자신의 힘은 인간이 가지고 있는 수준이 아니라는 것만은 확실하게 인지하고 있었다.

"이제 가게를 오픈하였으니 나도 다시 수련을 시작해야겠다. 나중에 무슨 일이 생기게 되면 내가 가지고 있는 것이라고는 몸뚱이뿐이니 말이다."

돈이야 걱정이 없다고 하지만 죽고 나서 돈이 무슨 소용이 있겠는가 말이다.

죽지 않아야 그 돈을 사용하며 편하게 살 수가 있다는 생각이 들자 지혁의 눈초리가 사납게 변했다.

"개새끼들. 인간에게 그런 실험을 한다는 것이 사람이 할 짓이야? 내가 모조리 박살을 내주겠다."

지혁은 혼자 그렇게 이를 갈며 중얼거리고 있었다.

살아오면서 처음으로 살인을 하여 불안에 휩싸여 있었지만 시간이 지나면서 그런 놈들은 죽어도 상관이 없다는 생각이 들면서 마음의 부담을 줄일 수가 있었다.

지금은 그런 놈들을 모두 죽여야 한다는 생각이 강하게 드는 지혁이었다.

일본인이 과거에도 그런 인체 실험을 하였다는 증거들이 속속히 나오고 있었고 지혁도 개인적으로 그런 일본인을 그렇게 좋아하지를 않았기에 더욱 그런 생각이 강하게 드는 것인지도 모르는 일이었다.

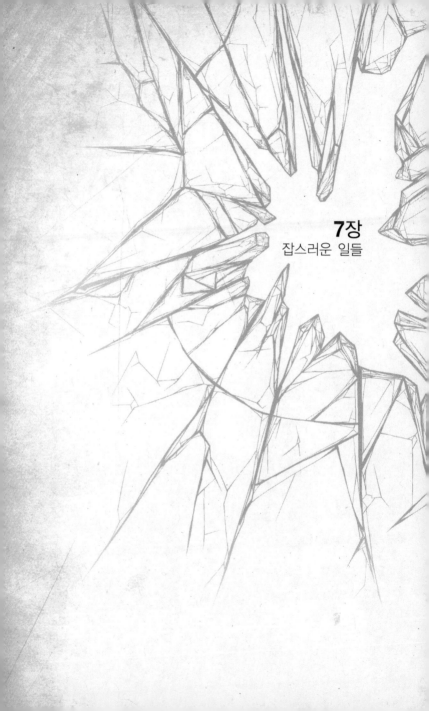

7장
잡스러운 일들

체리파코는 지혁의 예상대로 상당한 흑자를 보고 있었고 주변의 손님들에게 좋은 이미지를 주게 되었다.

물론 수진의 친구들이 호평하는 것도 어느 정도 도움을 주었고 말이다.

수진은 오빠의 가게가 잘 되기를 바라고 있어서 친구들에게는 항상 가게에 대한 이야기를 하고 다녔다.

그렇게 되기까지 가게에 가서 친구들과 먹은 음식값도 무시할 수 없었지만 말이다.

"수진이 왔네?"

"예, 언니. 오빠는요?"

"호호호, 사장님은 오늘 여기 계시지 않는데 어떻게 하나?"

지혁은 오늘 개인적인 일이 있어 출근을 하지 못했다.

"아, 친구하고 맛난 음식을 먹으려고 했는데 오늘은 그냥 가야겠네요."

수진이 조금은 시무룩한 얼굴을 하며 말하고 있었다.

사실 수진은 요즘 오빠네 가게에 와서 맛난 음식을 먹는 재미가 상당했기에 일주일에 세 번 정도는 오고 있는 중이었다.

"호호호, 그냥 가면 어떻게 하니? 사장님이 동생 오면 그냥 주라고 하셨으니 먹고 가."

지혁은 자신이 없어도 수진이 식사를 하지 못하는 일이 없게 하려고 사전에 종업원들에게 이야기를 해두었다.

"아, 그래요? 다행이다. 헤헤."

그 말에 아주 밝은 얼굴이 되었다.

수진이는 오늘도 두 명의 친구와 함께 식사를 하려고 왔기 때문에 그냥 가게 되면 입장이 곤란해졌다.

수진이에게는 친구가 그리 많지 않았는데 요즘은 수진이와 친하게 지내려는 아이들이 상당히 늘고 있었다.

물론 이유의 대부분은 수진의 오빠인 지혁의 가게에 가

서 식사를 공짜로 먹을 수 있기 때문이었지만 말이다.

수진도 그런 사실을 알고 있지만 그래도 친구들에게 대우를 받으니 요즘은 정말 살맛이 났다.

"오늘은 몇 명이야?"

"오늘은 두 명이에요. 언니."

"그러면 저기 창가에 있는 자리에 가서 앉아."

수진이는 자리를 지정 받자 바로 나가서 친구들을 데리고 안으로 들어왔다.

지혁은 일본의 다이쇼 제약에 대해 조사를 하고 있는 중이었다.

우선은 상대에 대한 정보가 중요하기 때문에 한국에 지사가 있는지를 확인하고 있었다.

"놈들이 한국에는 지사를 열지 않았으니 결국 일본에 직접 가야 한다는 말인데… 어쩌지?"

지혁은 놈들에게 당한 일에 대해 자세하게 조사를 하고 싶었지만 지금은 그렇게 할 수가 없었다.

자신이 가게를 하는 사장이기 때문에 시간을 그렇게 많이 낼 수가 없었다.

"음, 놈들도 자신들의 자금이 사라졌으니 그냥 있지는 않을 텐데 말이야."

자신이 지금 사용하고 있는 자금의 출처가 바로 놈들이었기에 놈들도 절대로 그냥 있지는 않을 것이라는 생각이 강하게 들었다.

한두 푼도 아니고 무려 삼천억 이상의 금액이 증발하였으니 말이다.

"그날 가지고 온 서류들을 보니 아직 한국에는 일본에 충성을 하는 놈들이 많은 것 같던데… 그 서류를 이용해서 놈들을 오게 만들면 어떨까?"

지혁은 그날 가지고 온 서류를 모두 살펴보았는데 그 안에는 한국의 정치인들과 기업인에 대한 자세한 내용이 있었고 지급 받은 자금에 대한 내용도 모두 나와 있었다.

지혁은 그런 서류를 보았지만 자신의 선에서 어떻게 할수가 없었기에 우선은 그냥 가지고만 있었다.

"서류에 있는 내용을 어떻게 이용을 하지?"

지혁은 머리가 좋아졌지만 아직 그런 경험이 없어서 방법을 찾지 못하고 있었다.

"이번에도 성준이에게 도움을 받으면 그 녀석이 이상하게 생각할지도 모르니 이번은 내가 혼자 처리해야겠다. 좋지 않은 일에 녀석이 개입되면 곤란하니 말이다."

지혁은 위험한 일이라 친구에게 도움을 받지 않을 생각이었다.

죽어도 혼자 죽어야지 괜히 잘살고 있는 친구까지 위험하게 만들 수는 없어서였다.

지혁은 그렇게 생각을 정리하자 머리가 조금 개운한 기분이었다.

"일본에 가서 처리하는 것이 가장 좋지만 지금은 일본에 가도 놈들을 내가 확실히 처리할 수 있다고 볼 수는 없으니 우선은 힘을 기르자. 수련을 하면서 천천히 알아보는 것이 가장 좋을 것 같으니 말이다."

지혁은 그렇게 판단을 하였고 내일부터는 본격적으로 수련을 할 생각이었다.

인터넷으로 수련하는 방법을 찾아보니 그렇게 힘들지 않게 혼자서도 수련을 할 수가 있을 것 같았다.

자신의 몸이 예전과 같다면 곤란하겠지만 지금은 어떤 동작이라도 취할 수가 있어서 어려운 동작이라고 해도 충분히 할 수 있다는 자신감을 가지게 되었다.

지혁의 수련은 그렇게 시작이 되었다.

*   *   *

한편 일본의 마사끼는 지금 보고를 하고 있었다.

"아직도 놈의 정체를 밝히지 못하고 있습니다. 이상하게

놈이 가지고 간 서류에 대한 이야기가 없는 것을 보니 그냥
돈만 가지고 가려고 하다가 서류까지 가지고 간 것 같습니
다."

―돈의 행방도 찾지 못한다고 하지 않았나?

"예, 전문가가 개입이 되었는지 자금 세탁이 확실하게 되
어 찾을 수가 없었습니다."

―이런 병신 같은 놈들이! 겨우 도둑놈 하나 찾을 수가
없다는 것이 말이 된다고 생각하나? 무슨 일이 있어도 놈을
찾아라. 그렇지 않을 경우 너도 결코 무사하지 못하니 말이
다…….

마사끼는 조직에서 그 서류가 얼마나 중요한지를 알고
있었다.

돈도 중요하지만 지금은 그 돈이 문제가 아니라 사라진
서류가 가장 시급했다.

문제는 서류를 가지고 간 놈이 누구인지를 모른다는 것
이고 서류의 행방에 대한 소문도 없으니 마사끼도 미칠 것
만 같은 기분이었다.

"최선을 다하고 있지만 솔직히 자신이 없습니다."

―이번 일은 조직의 상부에서 지시한 것이니 실패를 하
면 어찌 되는지는 알아서 생각해라.

마사끼는 조직의 상부에서 내려온 지시라고 하자 얼굴색

이 달라졌다.

전화를 마쳤지만 마사끼의 얼굴은 좋지 않은 상태였다.

'조직의 지시라고 하면 찾지 못했을 경우 내가 죽을 수도 있다는 말인데……'

마사끼는 죽음이 두렵지는 않았지만 상대를 찾을 방법이 없으니 답답했다.

생존자가 없어서 놈에 대한 단서는 하나도 남은 것이 없었기에 더욱 힘들었다.

자금에 대한 추적도 힘들게 되었으니 마지막으로 놈이 가지고 간 서류에 대한 이야기가 나오지 않는 이상은 놈을 추적할 방법이 없었다.

"도대체 무엇으로 놈을 추적하라는 말인가?"

마사끼는 지혁에 대한 단서가 하나도 없으니 추적할 방법이 없었다.

그를 따라온 무력대도 상대를 알 수가 없으니 방법이 없어서 결국 추적을 포기한 상태였다.

마사끼는 머리를 굴리고 있다가 갑자기 무언가 생각이 났다.

"그때 경비를 하는 놈들은 어디에 있는가?"

"아직 본국으로 보내지 않았으니 다른 곳에 있을 겁니다."

"그들을 당장 봐야겠다. 그곳에 출입한 이들에 대해서 이야기를 들어봐야겠다."

연구소에 출입을 하던 이들에 대한 이야기는 모두 들었지만 아직 듣지 않았던 이야기가 있었는데 바로 실험물에 이야기였다.

실험물은 대부분 본국으로 가지만 일부는 여기에 두고 실험하는 경우도 있어서 마사끼는 그들이 누구인지를 확인하려고 하였다.

"알겠습니다. 그들을 부르겠습니다."

"바로 조치를 해라. 시간이 없으니 말이다."

"예, 마사끼 님."

경호원 세 명은 마사끼의 지시로 인해 바로 불려왔다.

연구소의 소장은 사건이 터지자 가장 먼저 일본으로 갔기 때문에 마사끼가 만나지 못했다.

사실 소장 같은 경우에는 마사끼가 질문을 할 수도 없었지만 말이다.

"너희들은 그동안 연구소의 경비를 서고 있었다고 들었는데 실험물로 어떤 이들이 왔는지 아느냐?"

"그자들에 대한 자료는 모두 본부에 있는 것으로 압니다."

"본부에 자료를 보낸 것이냐?"

"그렇습니다. 여기에 있는 자료들이 폐기가 되는 바람에 이제는 본부로 보낸 자료만 남은 것으로 알고 있습니다."

마사끼는 경비원이 하는 말을 듣고는 바로 본부로 연락을 하였다.

마지막이라는 생각으로 본부에 자료를 요청한 미사끼는 바로 자료를 볼 수가 있었다.

자료들은 이들이 사람을 구한다는 광고를 하면서 받은 이력서들이었다.

이력서가 있으니 상대에 대한 확실한 정보가 남아서 충분히 조사를 할 수가 있었다.

마사끼는 이력서를 보면서 그들이 지금 어떻게 되었는지를 확인하였는데 마지막에 있는 인물에 대한 자료는 없었다.

"여기 있는 이자에 대한 자료는 왜 없는 건지 아는가?"

바로 지혁에 대한 이력서였다.

"그자는 사건이 벌어진 그날 마취를 당해 지하에 있었기 때문에 죽은 것으로 처리하였습니다."

이들은 적이 침입했다고 생각하고는 혹시 하는 마음에 서둘러 흔적을 없애고자 했다. 그들이 하는 행위는 국제적으로 지탄받을 행위였기 때문이었다. 그들은 지하까지 완전히 무너뜨려 확실하게 흔적을 지웠기 때문에 지금 가서 확인할 수도 없는 입장이었다.

게다가 이미 그 땅은 다른 이의 명의로 넘어가 있는 상태였다.

마사끼는 지혁의 자료를 보며 이상하게 찜찜한 기분이 들었지만 죽은 사람을 조사하는 것도 이상해서 그냥 넘어갔다.

그는 모든 자료를 조사하였지만 확인이 되지 않은 이는 바로 지혁뿐이었고 그 이상의 성과는 없었다.

"도대체 놈이 누구인지는 모르지겠만 이렇게 철저하게 자신의 정체를 숨길 수가 있다는 말인가?"

마사끼는 정말 대단한 놈이라는 생각이 들었다.

개인인지 단체인지는 모르지만 자신의 생각으로는 반드시 패거리가 있다는 생각이 들었다.

'어떤 놈인지는 모르지만 내가 반드시 잡고 말 것이다. 시간이 얼마나 걸려도 분명히 잡고 말겠다!'

마사끼는 이를 갈며 범인을 잡을 생각을 품고 있었다.

물론 마사끼가 조금만 다르게 생각을 하여 지혁에 대한 조사를 하라는 지시만 하였어도 그리 어렵지 않게 찾을 수가 있었겠지만 말이다.

*　　　*　　　*

마사끼가 지혁을 찾기 위해 고생하는 동안 지혁은 하루 중 반나절을 수련에 투자하고 있었다.

아침 일찍 기상을 하여 산에 가서 수련을 하였고 점심시간이 되면 가게로 가서 일을 보았다.

매일 반복되는 일상이었지만 지혁은 지금 자신이 하고 있는 수련에 목숨을 걸고 있었다.

"휴우, 이렇게 수련을 하니 이거 날마다 실력이 늘고 있어 좋기는 하네."

수련을 한 덕분에 지금 지혁은 과거와는 완전히 다른 사람이 되어 있었다.

힘을 얻고 나서는 조절하지 못했지만 지금은 자신의 힘을 확실히 통제하게 되었고 그 힘의 파워도 직접 측정을 하여 이제 자신이 가지고 있는 힘이 얼마나 강한지도 알게 되었다.

지혁은 땅에 있는 자갈을 들고 손에 힘을 주었다.

파지직!

자갈은 지혁의 손아귀에서 으스러졌는데 이게 과연 인간의 힘이라고 할 수가 있을까라는 생각이 들 정도였다.

"별로 힘을 주지 않아도 이 정도인데 이런 강력한 힘을 가지고 사람을 때리면 바로 죽겠지?"

지혁은 이제는 어느 정도 힘을 조절하고 있었지만 그래도 사람이라는 것이 화가 나면 힘을 조절할 수 없을지도 모른다는 생각이 들어 최대한 자신의 감정을 추스르고 있는 중이었다.

인터넷으로 보니 명상을 하면 감정도 다스릴 수가 있다고 나와 있어서 요즘은 밤마다 명상까지 하고 있는 중이었다.

물론 명상을 하니 마음이 차분해지고 몸에 기운이 나는 것도 느낄 수가 있었고 말이다.

"내가 가지고 있는 힘은 누구에게 알릴 수 있는 것이 아니니 결국 명상을 최대한 많이 해서 내 마음은 내가 스스로 다스리는 수밖에 없겠다."

지혁은 그렇게 판단을 하였다.

집으로 가서 지혁은 간단하게 샤워를 하고 가게로 갔는데 가게 안이 시끄러워 무슨 일인지 궁금하여 다가갔다.

"아니, 여기는 음식에 이물질이 나와도 사과하지 않는 건가? 뭐 이런 곳이 다 있어?"

한 남자가 크게 고함을 치고 있었는데 인상을 보니 동네 양아치 같은 놈이었다.

물론 남자는 일행이 있어 더욱 크게 고함을 치는 것 같아 보였다.

지혁은 자신이 없는 사이에 이런 놈들이 가게에 출입한다는 것에 기분이 나빠졌다.

"아니, 아저씨가 직접 이물질을 넣고는 왜 우리에게 그런 소리를 하세요? 내가 직접 보았는데도 그런 소리를 하세요?"

"보기는 뭘 보았다는 거야? 내가 직접 넣었다고 증거 있어?"

남자는 인상을 쓰며 종업원 아가씨를 닦달하고 있었다.

지혁은 더 이상 볼 수가 없어 자신이 나서게 되었다.

"무슨 일이지요?"

지혁의 말에 종업원 아가씨는 지혁을 보고는 바로 지금의 상황에 대한 이야기를 했다.

"저기 보이는 아저씨가 음식을 주문해서 가지고 가니 품에서 이상한 것을 꺼내서 넣고는 음식에서 이물질이 나왔다고 억지를 쓰고 있어요. 사장님."

아가씨가 사장님이라는 말을 하자 남자는 음흉스러운 웃음을 지으며 지혁을 보았다.

"오, 이제야 사장님이 나오셨네. 여기 음식에서 이물질이 나왔으니 이거를 어떻게 책임질거요?"

지혁은 남자와 그 일행을 보다가 남자의 앞으로 갔다.

"여기 동네에 사는 양아치 같은데 조용히 하고 그만 가라. 여기는 너희 같은 양아치들이 올 곳이 못 되니 말이다."

지혁의 음성이 조금 차갑게 변해 있었다.

"허어, 여기는 사장이라는 놈도 이상한 놈이네. 내가 가라고 하면 가는 사람으로 보이냐?"

남자는 지혁이 반말을 하자 바로 자신도 반말로 대응을 하였다.

지혁은 그냥 갈 놈들이 아니라는 생각이 들었기에 바로 남자의 목을 잡았다.

쉬이익!

척!

드드드.

지혁은 남자의 목을 잡아 바로 들어버렸다.

"커헉!"

남자는 자신의 몸을 가볍게 드는 것에 놀라기도 했지만 목에서 느껴지는 강력한 힘에 더욱 놀라고 말았다.

손아귀의 힘이 얼마나 강한지 몸에 힘이 하나도 들어가지를 않을 정도였다.

남자가 맥없이 잡히는 것을 본 일행들은 그냥 있지를 않았다.

"저 새끼가! 그 손 안 놔?"

양아치들이 하는 일이 이런 가게에 와서 행패를 부려서 약간의 돈을 뜯어 가는 일이었지만 이들은 오늘 임자를 잘못 만나게 되었다는 사실을 모르고 있었다.

세 명의 양아치가 지혁에게 달려들었지만 지혁은 저들이 먼저 손을 쓰기를 바라고 있었다.

휘익!

퍼억!

지혁은 놈들이 때리는 것을 피하지도 않고 그냥 맞았다. 그리고 그 다음에 일어난 지혁의 움직임은 엄청나게 빨랐다.

쉬이익!

빠각!

퍼걱!

"크윽!"

"으아악!"

"아악! 내 팔……!"

세 명의 양아치는 다리와 팔에 금이 가게 되어 움직일 수조차 없게 되었다.

지혁은 지금 한 손은 목을 잡은 상태에서 그렇게 빠른 움직임을 보이고 있었기에 손에 잡혀 있는 남자는 그런 지혁을 보며 질린다는 얼굴을 하였다.

"너희 같은 양아치들이 설치는 꼴이 보기 싫어서 다른 사람들은 돈을 주는지 몰라도 나는 네놈들에게 줄 돈이 없다. 더 이상 내 가게에 와서 지랄을 떨면 그때는 정말 죽는 것이 좋을 것이라고 생각하게 해주겠다. 알겠냐?"

지혁의 날카로운 눈빛과 차가운 음성에 양아치들은 기가 죽었는지 눈치만 보게 되었다.

지혁은 목을 잡혀 있는 놈을 차가운 눈빛으로 보았고 놈은 그런 지혁의 눈빛을 마주보지 못하고 외면하고 말았다.

흔들흔들.

"알겠냐고, 자식아?"

"예… 예! 아, 앞으로 절대 여기에 오지 않겠습니다!"

지혁이 목을 흔들며 묻자 놈은 바로 대답을 하였다.

지혁의 실력을 보니 이거는 자신들과는 차원이 다른 존재라는 생각이 들어서였다.

양아치들이 건달이 되지 못하는 이유는 바로 실력도 부족하지만 근성이 틀려먹어서였다.

지혁이 실력을 보이자 이들은 바로 꼬리를 내리면서 바로 피하려고 하였다. 상대가 강할 때 보이는 자동반사적인 행동이었다.

강자에게는 약하고 약자에게는 강한 것이 바로 양아치들의 근성이었다.

"그만 가라. 다음에 또 보이면 사지 중에 하나는 부러질 각오를 해야 한다."

지혁의 말이 사납게 들리자 놈은 바로 대답을 했다.

"예, 절대 근처에는 오지 않겠습니다. 사장님."

놈은 그러고는 바로 자신의 일행을 데리고 도망가듯이 나가 버렸다.

갑자기 상황이 정리가 되었지만 지혁은 차분하게 종업원을 보며 지시를 내렸다.

"우선 여기 정리를 해주세요. 저런 놈들은 걱정하지 마시고요."

"예, 사장님."

종업원들은 사장인 지혁이 보통의 실력은 아니라고 생각이 들어 한편으로는 마음이 든든해졌다.

가게에 저런 놈들이 출입을 하면 솔직히 좋지 않은 말이 도는 것은 사실이었고 저런 놈들 때문에 다른 손님들도 오지 않으려고 하기 때문에 저렇게 처리하는 것도 나쁘지 않은 방법이었다.

다른 가게의 사장은 그렇게 하고 싶어도 지혁과 같은 실력이 없으니 문제였지만 말이다.

"우리 사장님, 보통이 아니신 것 같아?"

"수진이가 하는 말을 들으니 과거에는 싸움 짱이었다고

하는 이야기를 들었어."

"와아, 짱이면 엄청난 실력을 가지고 있다는 말이잖아?"

"아무튼 능력 있는 사장님과 일하니 우리가 편하기는 하겠다."

종업원들은 지혁이 보여준 실력을 보고는 아주 안심을 하는 눈치였다.

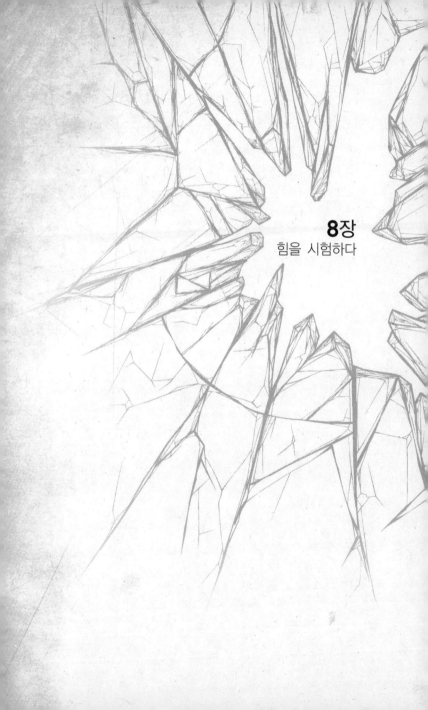

8장
힘을 시험하다

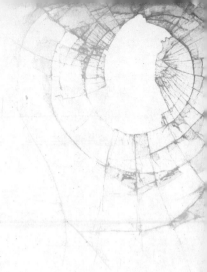

지혁이 보내준 양아치들은 밖으로 나가서는 복수를 생각하고 있었다.

당연히 그들의 힘으로는 아니었다.

"형님, 이대로 그냥 가는 것은 아니겠지요?"

"내가 그냥 넘어갈 사람으로 보이냐? 바로 필용이 형님에게 가자. 놈의 가게를 조직에서 박살 내게 하자."

"필용이 형님이라면 놈을 그냥 두지 않을 겁니다. 어서 가지요."

이들이 말하는 필용이라는 인물은 근방 조폭으로 조직에

속해 있는 자였다.

나름 의리도 있어서 밑에 동생들이 많이 따르는 인물이었고 조직에서도 상위 간부에 속하는 인물이었다.

이들은 필용이와 함께 같은 동네에서 자란 사이였기에 지금도 형님이라고 부를 수가 있었다.

하지만 이들은 자신들이 지금 누구를 건드리려고 하는지를 아직도 모르고 있었다.

지혁은 적이라고 판단을 하면 절대로 그냥 두지를 않는 성격이었고 그들이 철석같이 믿고 있는 필용이도 만약에 적으로 나타나게 되면 지혁의 손에서 무사하지 못할 것이란 걸 몰랐다.

지혁은 지금 양아치들이 가는 모습을 보고 있었다.

'저놈들이 그냥 있지 않을 수도 있겠지만 만약에 또 오면 그때는 제대로 손을 봐줘야겠다. 수련을 하고 나면서 점점 마음이 독해지는 것 같아서 걱정이지만… 저런 놈들이라면 오히려 손을 봐주는 것이 많은 이에게 도움을 주는 일이라는 생각이 드니 부담이 안 가서 좋기도 하네.'

지혁도 과거 조직에 가입하라는 말을 들을 정도의 실력을 가지고 있었지만 동생 때문에 거절을 하였다.

그만큼 그 실력이 대단하다는 말이었다.

하지만 지금은 과거의 실력과 비교하면 하늘과 땅의 차

이일 정도로 엄청나게 발전되어 있었다.

인간의 한계를 초월한 것처럼 보이는 몸은 스승을 따로 모시지 않고 인터넷만으로도 각종 무예를 배울 수 있게 하였다.

지금은 대부분의 무예가 몸에 숙달이 되는 경지에 올라 저런 놈들은 무리를 지어서 와도 처리할 수 있는 실력을 가지게 되었다.

지혁은 수련을 하면서 최대한 힘을 조절하고 있는 중이었고 이제는 어느 정도 확실히 힘을 조절할 수가 있게 되었다.

'아직 문제는 화가 나면 그 힘을 나도 확실히 통제하지 못하는 것이 문제이기는 하지만 저런 놈들에게 화를 낼 일은 없으니 걱정하지 않아도 되겠지.'

지혁은 그렇게 생각하며 놈들이 오기를 오히려 반기는 입장이었다.

*   *   *

필용은 지금 동생들이 찾아와서 하는 이야기를 듣고 있었다.

"그러니까, 놈이 운영하는 가게에 가서 모두 박살이 나서 왔다는 말이냐?"

"예, 형님, 그놈의 실력이 얼마나 강한지 저희들은 상대가 되지 않았습니다."

"그런데 거기는 왜 가서 그런 일이 생긴 거냐?"

그 질문에 남자가 바로 대답을 못하자 필용의 눈빛이 차갑게 변해갔다.

필용이도 동생들이라고 데리고 있기는 하지만 이들이 동네 양아치처럼 하고 다니는 사실을 모르지 않았다.

가끔은 자신의 이름을 팔고 다니는 것도 어느 정도는 묵인해 주고 있었는데, 그 이유는 바로 어린 시절 동네에서 함께 자랐기 때문이었다.

필용은 가족이 하나도 없었기에 어린 시절 동네에서 함께 자란 이들이 가족처럼 느껴졌고, 그들에게 손대기가 꺼려졌던 것이다.

"너, 솔직하게 말해봐. 이 형이 화가 나면 어떻게 변하는지 알지?"

필용이 손으로 한 명을 지명하자 남자는 깜짝 놀란 표정을 지었다.

"저… 저요?"

"그래, 거기를 왜 가게 되었는지, 그리고 가서 왜 두들겨 맞게 되었는지를 상세하게 말해봐."

필용의 음성이 전과는 다르게 차갑게 변하자 남자는 눈치를 보며 말을 시작했다.

물론 자신들이 가서 양아치짓을 한 사실은 빼고 말이다.

"그러면 음식에 이물질이 있는 것을 가지고 따지니 사장이라는 놈이 나와서 너희들을 박살 냈다는 말이냐?"

"예, 저희가 따지기 시작하자 시끄럽다고 하면서 그냥 가라고 하는 바람에 저희도 참을 수가 없어 계속 따졌더니 바로 주먹이 날아왔습니다."

필용은 놈들이 하는 말을 들으니 무언가 조금 이상하다는 생각이 들었지만 이들이 두들겨 맞은 것은 사실 같았다.

"거기가 어디냐?"

"사거리에 있는 체리파코입니다. 형님."

"흠, 알겠으니 그만 가봐라. 내가 가서 직접 사장을 만나보겠다."

"형님, 놈의 실력이 대단하니 혼자 가시면 힘들지도 모릅니다."

이들은 필용이 실력이 대단하다는 것은 알고 있었지만 지혁의 실력을 확인했기에 필용의 실력보다 강하다는 생각이 들어 하는 소리였다.

꽝!

"이놈들이! 감히 나를 어떻게 보고 그런 소리를 하는

거냐?"

필용이 화를 내자 동생들은 찔끔하며 고개를 숙이고 말았다.

"저기… 형님! 솔직히 놈의 실력이 상당했습니다. 저희가 동시에 공격했는데도 불구하고 순식간에 세 명이 모두 당해서 하는 말이었습니다."

세 명이 동시에 공격했는데 순식간에 당했다는 말에 필용도 조금 놀란 눈빛을 하였다.

그런 실력이라면 소문이 나지 않을 수가 없었기 때문이다.

"알았으니 그만 가봐라."

필용은 같은 동네에 그런 실력자가 있다는 것이 부담 갔다.

조직도 이유 없이 싸움을 하지는 않는다.

이득이 걸려 있거나 조직원 중에 피해를 입었다면 달라지겠지만 말이다.

그리고 자신의 구역에 실력자가 있으면 어지간하면 타협을 보려고 하였는데 이는 조직에 도움이 되지 않아서였다.

양아치들이 나가고 혼자 남은 필용은 조용히 동생들 중에 정보를 모으는 놈을 불렀다.

"땅콩이 좀 불러라."

"예, 형님."

필용의 지시에 땅콩이 불려왔고 필용은 바로 지시를 내렸다.

바로 지혁에 대해 조사해 보라는 명령이었다.

땅콩은 이 동네 토박이라 어지간한 사람은 모두 알 정도로 마당발이었기에 내린 지시였다.

땅콩은 바로 보고를 했는데 지혁이란 이름은 땅콩도 알고 있는 이름이었기 때문이다.

"형님, 그 양반은 과거에 우리 조직에서 영입하려고 하였을 정도로 실력이 좋은 사람입니다. 그때 동생이 수술을 한다고 하여 거절을 하였는데 실력은 상당하다는 소문이었습니다."

"그러면 조직에 속해 있는 사람은 아니라는 말이냐?"

"예, 조직은 아니지만 그 실력은 진짜입니다. 그리고 형님, 동생들이 그 가게에 가서 양아치 짓을 한 것도 사실입니다. 제가 종업원에게 알아낸 사실입니다."

그러면서 그날 있었던 일들에 대해 모두 말해주었다.

필용은 동생들이 양아치 짓을 하려고 하다가 결국 실력자를 만나 박살이 났다는 사실을 알게 되자 동생들이 솔직히 창피했다.

그렇다고 부상당한 놈들을 데리고 와서 박살을 낼 수도

없는 일이었고 말이다.

"결국은 놈들이 먼저 양아치 짓을 하는 바람에 그 사장이 놈들을 손봐준 거라는 말이냐?"

"예, 형님. 그리고 솔직히 형님이 돌봐 주시는 것은 알지만 조금 심하게 하면서 돌아다니고 있습니다. 나중에 문제가 생길지도 모릅니다."

"나도 알고 있으니 그만해라. 그래도 같은 동네에서 자란 놈들인데 나라도 돌봐주지 않으면 그놈들이 지금 무엇을 하겠냐? 그러니 어지간하면 그냥 눈감아줘라."

"그러고 있지만 형님의 이름까지 팔면서 양아치 짓을 하고 다니기 때문에 조직원들도 말이 많습니다."

필용은 자신의 이름을 파는 거야 상관이 없지만 그렇게 하면서 양아치 짓을 하고 다닌다고 하니 조금 상황이 심각하다는 것을 깨달았다.

자신의 이름에 똥칠을 하는 짓이었기 때문이다.

"다시 한 번 그런 짓을 하면 그때 손을 봐도 되니 우선은 경고로 가볍게 처리해라."

"알겠습니다, 형님."

필용의 지시에 땅콩의 입가에 미소가 그려졌다.

평소에 실력도 없는 것들이 필용을 믿고 그런 짓을 하고 다니는 것에 사실 조직원들도 반발이 많았는데 이번에 확실하게 처리를 하게 되었으니 땅콩은 속이 다 시원한 기분이었다.

'이놈들, 그동안 형님을 믿고 까불었지만 이제는 절대 그렇게 하고 다니지 못하게 해줄 테니 기대하고 있어라.'

땅콩의 이런 생각으로 인해 양아치들은 앞으로 자신들이 얼마나 괴로움을 당해야 하는지를 아직 모르고 있었다.

필용은 자신이 관리하는 곳에 지혁과 같은 실력자가 있다는 사실을 알게 되었기에 조용히 인사하고 지내는 것이 좋겠다는 생각이 들었다.

과거 조직에서 영입하려고 하였던 실력이라면 절대 무시할 수 없는 실력자이리라.

"흠, 한번 가서 인사나 하고 지내는 것이 좋겠네. 그런 인물과 좋은 사이가 되면 나쁘지 않으니 말이야."

필용은 실력도 좋지만 머리도 사용할 줄 아는 인물이었다.

한편 지혁은 오늘도 수련을 위해 산에서 혼자 올라가고 있었다.

"오늘은 조금 더 강하게 해보자. 갈수록 힘이 더 강해지는 것 같아 골치가 아파지네."

무예를 수련하면서 시작한 명상 덕분인지 요즘 실력이

발전하는 게 보였다. 덕분에 지혁은 명상에 푹 빠져 있었다.

명상을 하고 나면 반드시 몸을 움직였는데 그럴수록 몸이 점점 더 강해지는 것을 본인이 느낄 정도였다.

입으로는 골치가 아프다고 투덜거렸지만, 속내는 점점 더 강해지는 자신의 몸에 중독되고 있는 것이다.

"이거 이러다가 진짜 내공이라도 생기는 것이 아냐?"

지혁은 자신이 가지고 있는 힘이 인간이 가지고 있을 수 있는 힘이 아니라는 것을 느끼고 있었다.

주먹 한 방에 나무가 부러지는 힘은 결코 인간이 가질 수 있는 힘이 아니었다.

그리고 그렇게 힘을 사용할수록 점점 더 힘이 강해지고 있으니 그 힘을 컨트롤하기 위해 더욱 수련에 매진하게 되었다.

지혁은 무예를 수련하고 바위 앞에 서 있었다.

"이 주먹으로 바위를 치면 과연 어떤 일이 생길까?"

지혁의 주먹은 마치 차돌같이 단단했는데 오늘은 주먹으로 바위를 때릴 생각이었다.

지금껏 주먹으로 나무는 몇 번 부러뜨렸지만 바위는 아직까지 시도해 본 적이 없었다. 무리라고 생각했기 때문이다. 그런데 그동안 수련을 하면서 자신의 힘을 주먹에 몰아서 치는 방법을 익혔기에 오늘은 한 번 실험을 해보려고 하는 중이었다.

지혁은 정신을 집중하면서 모든 힘을 주먹으로 집중했다.

휘이잉!

그런 지혁의 주변에는 마치 바람이 진동하는 것처럼 흔들리고 있었지만 지혁은 정신을 주먹에만 집중을 하고 있어 느끼지 못하고 있었다.

쉬이익!

픽!

쿠르릉!

지혁의 주먹은 바위를 쳤고 그 주먹에 바위는 흔들리지 않았지만 주먹을 때린 자리가 파여 있었다.

"헉! 내 주먹은 이상이 없는데 바위에는 자국이 남았네?"

지혁이 때린 바위에는 주먹 자국이 그대로 남아 있었기에 지혁도 놀라지 않을 수가 없었다.

비록 정신을 집중하였다고 하지만 자신의 힘이 이렇게까지 강한 것을 보니 지혁도 놀랄 수밖에 없었다.

지혁은 자신도 모르게 바위 자국을 만지게 되었는데 놀라운 일이 벌어졌다.

바로 주먹으로 때린 자리가 부서지면서 가루가 날리고

있었던 것이다.

주먹의 위력으로 한 십여 센티미터 정도가 안으로 파였기 때문이다.

"헉! 이런 주먹이라면 멧돼지라도 한 방에 보내겠다."

그러면서 자신의 주먹을 신기한 눈빛을 하며 보았다.

주먹에는 아무런 이상이 없어서였다.

"내 주먹이지만 바위를 쳐도 아무런 상처가 없으니 이거 좋기는 하지만 걱정이 먼저 되네."

지혁은 자신의 주먹으로 때린 바위를 보면서 한편으로 걱정스러운 눈빛이 되었다.

만약에 자신이 화가 나서 저런 주먹을 사용하면 그 상대는 누가 되었든지 살아남을 수가 없을 것이라는 생각이 들어서였다.

주먹으로 사람을 패죽이면 결국 자신도 살인자가 될 것이고 그로 인해 수진이는 그런 오빠 때문에 심적으로 고생을 하게 될지도 모른다는 생각이 들자 지혁은 눈빛이 차가워졌다.

"내가 이런 주먹을 사용하지 않으면 되니 더욱 명상에 신경을 쓰자. 물론 나를 노리는 놈들까지 신경을 써줄 수는 없는 일이지만 말이다."

이 생각은 먼저 양아치들이 생각나서 하는 소리였다.

지혁은 일반인들에게 주먹을 사용하지는 않겠지만 양아치 같은 놈들에게까지 그렇게 하고 싶지는 않았다.

물론 그렇다고 죽이겠다는 말은 아니지만 어디 하나는 분질러 주겠다는 생각은 변함이 없었다.

"그런데 놈들이 조용하네? 일주일이나 지났는데도 아무런 반응이 없는 것을 보면 포기를 한 건가?"

지혁은 놈들이 아무런 반응이 없자 조금 이상하다는 생각이 들었다.

양아치들의 근성은 무리를 이끌고 다니며 복수하는 것이란 걸 알고 있어서였다.

강자에게는 약하고 약자에게는 아주 공포스러운 놈들이기 때문에 양아치라는 소리를 듣고 있었다.

"오늘 수련은 그만하고 출근이나 해야겠다."

지혁은 그렇게 수련을 마치고 집으로 가서 샤워를 하고 출근을 하였다.

*   *   *

그날 저녁이 되자 정장을 입은 세 명의 남자가 가게로 찾아왔다.

"사장님, 저기 손님이 뵈었으면 한다는데요?"

"손님이 나를 찾아요?"

지혁은 자신을 찾는 이가 있다는 소리에 그쪽으로 눈길을 돌렸다.

그곳에는 딱 보니 조폭이라는 생각이 드는 인물이 있었다.

"예, 저기 세 명이 있는 자리에서 사장님을 만나고 싶다고 전해 달라네요."

"알았어요. 내가 가볼게요."

지혁은 그렇게 말을 하고는 바로 그쪽으로 갔다.

테이블이 있는 곳에 도착을 하자 지혁이 먼저 필용을 보며 인사를 하였다.

"제가 여기 사장입니다. 찾으셨다고요?"

"예, 잠시만 이야기를 했으면 합니다."

눈치를 보니 먼저 왔던 양아치들과 관계가 있는 것 같았지만 자신에게 해를 끼치려고 하는 짓은 아니라는 생각이 들었다.

"그러면 다른 방으로 가지요. 여기서는 손님들이 많아서 대화하기가 곤란하니 말입니다."

"하하하, 저도 그렇게 생각했습니다."

지혁이 필용과 일행을 데리고 사장실로 갔다.

조용히 대화하기에 가장 적당한 장소였기 때문이다.

"우선 앉으세요."

"저는 여기 구역을 책임지고 있는 정필용이라고 합니다. 정지혁 씨."

"제 이름을 아시는 것을 보니 나름 조사를 한 모양이네요?"

"하하하, 기분 나쁘셨다면 사과를 하겠습니다. 제 구역에 실력이 있는 분이 있다는 소리에 조금 조사를 하게 되었습니다."

필용은 비겁하지 않지만 나름 남자다운 모습을 보여주고 있었다.

지혁도 필용의 눈빛을 보고는 자신에게 호의를 가지고 온 것이라는 것을 느낄 수 있었다.

"아니요. 그런 일로 기분 나쁠 것은 없지요. 그런데 무슨 일로 오신 겁니까?"

"먼저 제가 아는 동생들이 잘못한 것을 사과드리고 인사나 하려고 왔습니다. 우선 동생들이 한 행동에 진심으로 사과를 드립니다."

필용은 정중하게 사과를 하며 고개를 숙였다.

지혁도 필용의 사과를 정중하게 받아주었다.

"이미 지난 일이니 그냥 넘어가기로 하지요. 그런데 인사를 하자고 하니 조금 이상하네요. 저는 조직과는 아직 아무런 연관이 없는데 말입니다."

"하하하, 오해를 하신 것 같은데 제가 찾아온 이유는 진심으로 인사나 하고 싶어서 온 것입니다. 나중에 문제가 생기지 않게 하려고 말입니다."

실력자가 가게를 하고 있으면 조직원들에게 미리 사전에 귀띔을 하여 그곳에는 가지 못하게 하고 있었다.

아무 것도 모르는 조직원이 괜히 가서 분란을 만들지 않게 하려고 말이다.

조직원이 가서 개박살이 나서 오게 되면 조직의 입장에서도 그냥 묵과할 수가 없게 되어 결국은 좋지 않은 관계가 되기 때문에 사전에 그런 실력자들이 있는 곳은 파악을 해두고 있었다.

지혁도 필용이 그렇게 말하자 무슨 뜻인지를 금방 이해를 하였다.

자신이 비록 조폭은 아니지만 한때 조폭이 영입을 하려고 할 정도로 그런 이들과 어울려 다녔기에 이들이 가지고 있는 사고방식을 알고 있어서였다.

"좋게 인사를 하고 지내자고 하니 나도 반갑습니다."

지혁이 손을 내밀자 필용은 그런 지혁을 손을 잡았다.

필용은 악수를 하며 지혁의 아귀힘을 알고 싶어 힘을 주었는데 지혁은 오히려 입가에 미소를 짓는 것이 아닌가?

'제법 힘을 사용할 줄 안다는 말인가?'

　필용은 호리호리한 지혁의 몸을 보니 자신이 힘은 더 강해보였기에 더욱 힘을 주었다.

　그러나 지혁은 그런 필용의 손에 힘이 들어가는 것을 보고도 아무런 대항을 하지 않고 그냥 가만히 미소만 짓고 있었다.

　그러다가 지혁의 아귀에 서서히 힘이 들어가기 시작했는데 필용은 놀라지 않을 수가 없었다.

　'헉! 무슨 힘이 이렇게 강한 거야?'

　필용은 자신이 먼저 시험을 했기에 바로 풀어달라고 할 수가 없어 지혁의 힘에 대항을 하였지만 점점 더 강해지는 힘에 결국 얼굴이 붉어지고 있었다.

　"이쯤하면 되겠지요?"

　지혁은 그런 필용을 보며 말했다. 손아귀의 힘은 여전히 풀지 않은 상태였다.

　필용은 그런 지혁을 보며 아직은 여유가 있다는 사실을 알게 되었다.

　"하하하, 제가 추태를 보였습니다. 솔직히 실력이 있다는 말을 듣고 시험을 해보고 싶었습니다. 미안합니다."

　필용은 자신의 힘으로는 절대 상대할 수 없다는 사실을 확실하게 알게 되자 바로 사과를 하였다.

그리고 이런 자와는 절대 적으로 만나서는 안 된다는 것을 깨달았다.

"미안할 일은 아니지요. 아무튼 좋은 분 같은데 친하게 지냅시다."

지혁은 필용이 자신과 비슷한 나이 정도로 보였기에 그렇게 말을 했다.

하지만 필용은 약간 동안의 얼굴을 가지고 있어서 그렇지 사실 지혁보다는 나이가 많았다.

"하하하, 저도 원하는 말이었습니다. 그렇게 아니라 우리 그냥 친구가 되는 것은 어떻습니까?"

"친구라… 사회에 나와서는 아직 친구를 만나지 못했는데, 처음으로 친구가 생기는 날이니 내가 한잔 사기로 하지."

지혁은 친구라는 말에 바로 말을 놓았다.

지혁이 말을 놓자 필용도 그렇고 두 명의 남자도 놀란 눈빛을 하며 지혁을 보았다.

"허, 친구하자니 바로 말을 까네?"

"친구라며? 친구에게 말을 높이는 놈도 있냐?"

지혁의 대답에 필용은 어이가 없다는 표정을 지었다가 이내 웃고 말았다.

"하하하, 친구이니 당연히 말을 까야지, 아무튼 앞으로

친하게 지내보자. 우리 구역에서는 일이 생기지 않게 내가
단속을 하마."

"그렇게 해주면 나는 고맙고. 친구가 되었으니 가볍게 한
잔하는 것은 어때?"

"좋지, 지금 나가도 되냐?"

"내가 사장인데 누가 뭐라고 하겠냐? 그냥 가자."

필용은 지혁이 아주 터프하게 나오자 기분 좋은 얼굴이
되었다.

성격도 그렇고 하는 행동이 아주 마음에 들어서였다.

성격이 어두운 구석이 있는 이들은 지금의 지혁처럼 행
동하지 않았다.

지혁은 힘과 돈이 생기자 하는 행동도 많이 변했는데 바
로 지금처럼 당당하게 변한 것이다.

남을 속이는 일은 원래 하지 못하는 성격이었기에 더욱
당당해질 수 있었던 것이고 말이다.

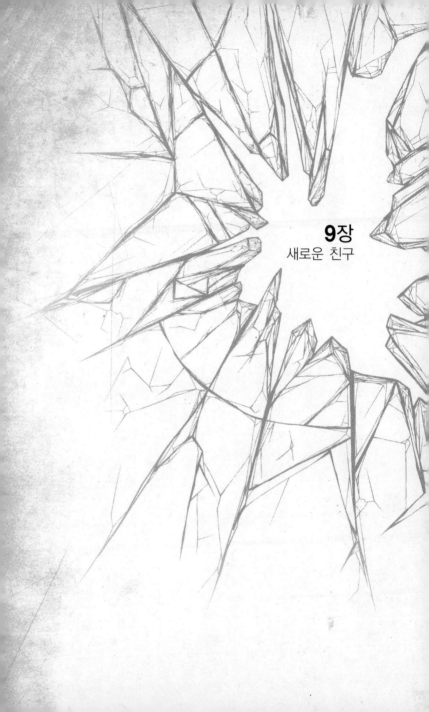

9장
새로운 친구

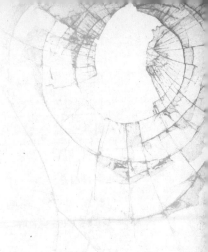

　필용은 지혁과 친구가 되고 나서는 조직원들에게 지혁의 가게를 특별 구역으로 선포해 버렸다.

　그를 따라왔던 두 동생 때문에 지혁이 필용의 친구라고 소문이 났기에 조직원들은 그런 지혁의 가게 근처에는 얼씬도 하지 않게 되었다.

　오히려 이들은 지혁의 가게에 이상한 놈들이 가지 못하게 단속까지 해주고 있어 가게는 나날이 번성할 수가 있었다.

　그러던 어느 날.

드드드.

"여보세요?"

지혁은 모르는 번호로 전화가 와서 받게 되었다.

─지혁 형님, 필용 형님이 지금 습격을 받고 있는데 좀 도와주십시오.

지혁은 친구가 된 필용이 자신의 가게를 위해 많은 노력을 해주었 다는 걸 알고 있었다.

덕분에 그동안 편하게 있었는데 갑자기 걸려온 전화로 인해 머릿속이 복잡하게 되었다.

그렇다고 친구를 외면할 수는 없는 일이었기에 결국 묻게 되었다.

"거기 어디냐?"

─필용 형님네 가게입니다.

필용은 목이 좋은 술집을 가지고 있었는데 제법 크고 화려하게 꾸며 손님이 많은 곳이었다.

그리고 그 자금을 이용하여 조직원들이 불편하지 않게 해주고 있었다.

"지금 바로 가지."

지혁은 그렇게 대답을 하고는 빠르게 필용의 가게로 달려갔다.

필용의 가게는 지혁이 뛰어서 오 분 거리에 있었기에 그리 멀지 않은 장소였다.

평소에 항상 수련을 하던 지혁이었기에 그 정도의 거리를 뛰어서는 숨도 차지 않았다.

금방 가게에 도착한 지혁은 빠르게 문을 열고 들어가려고 하였는데 문이 잠겨 있었다.

"도망을 가지 못하게 문을 잠근 건가?"

그런 생각이 들자 필용이 지금 상당히 위험할 수도 있다는 생각이 들었고 손에 힘이 강하게 들어갔다.

지혁은 강한 힘으로 문을 비틀며 밀었고 잠금장치가 부서지면서 문이 열리게 되었다.

문이 열리자 안의 광경이 보였는데 이미 몇 대 맞았는지 얼굴에 피칠갑을 하고 있었고 놈들도 보였다.

지혁은 그런 광경을 보자 위급하다는 것을 알게 되었다.

그저 필용이 다치지만 않았으면 하는 마음이었다.

"필용이는 어디에 있냐?"

"저기 안쪽에 계십니다."

이들도 지혁이 필용과 친구라는 사실을 알기에 바로 알려주었다.

지혁은 그 말을 듣고는 바로 안으로 달려갔다.

필용은 동생들과 오랜만에 술을 마시기 위해 왔다가 놈

들의 습격을 받게 되었다.

"거기 막아! 형님에게 가지 못하게 해."

필용의 한쪽 팔에서는 피가 흐르는 것을 보니 아마도 칼에 당한 것 같았다.

공격을 하는 놈들은 필용과 세 명의 동생을 무자비하게 공격하고 있어서 얼마 지나지 않아 필용과 이들은 당할 수밖에 없어 보였다.

"어이, 필용이! 이제 그만 항복해라. 동생들 다 죽일 생각이냐?"

공격을 하는 놈들 중에 하나가 고함을 쳤다.

"이 개새끼! 조직을 배신하고 그런 소리를 해?"

"하하하, 아직도 고함을 치는 것을 보니 힘이 남았는데? 그래도 오늘부로 너희 불가사리파는 사라지게 될 거야."

그 말에 필용은 흠칫하며 놀란 얼굴이 되었다.

"그게 무슨 개소리냐?"

"오늘 너희 조직의 모든 간부가 공격을 받고 있다는 말이지 무슨 소리겠냐?"

자신만 공격하는 것이 아니라 조직 전체를 공격하고 있다는 말에 필용은 머리꼭대기까지 화가 났다.

"이 개새끼야, 감히 큰형님을 배신하고 그럴 수가 있는 거냐?"

필용이 상대를 하는 놈은 같은 조직에 속해 있던 놈이었
지만 조직을 배신하고 다른 반대 조직으로 간 인물이었다.

필용은 그때 놈을 제거하자고 하였지만 큰형님이 반대를
하는 바람에 그냥 두었는데 결국 놈이 조직을 무너지게 하
고 있었다.

"하하하! 필용아, 내가 그랬지? 남자는 말이야… 기회를
잘 찾아야 한다고 말이다. 그만 버티고 내 밑으로 와라."

필용의 실력은 조직에서도 제법 알아주는 실력이어서 밑
의 수하로 두면 든든한 존재가 되기 때문에 설득을 하려고
하였다.

다만 필용이 배신을 극도로 싫어하는 인물이기 때문에
설득이 쉽지 않다는 것이 문제이기는 했지만 말이다.

그때 지혁의 음성이 들렸다.

"목소리 들으니 아직 죽지는 않은 모양이네. 조금만 참아
라."

우지직!

빠각!

꽈직!

"으악!"

"아악!"

"놈을 막아!"

쉬이익!

빠각!

꽈직!

지혁의 다리와 주먹은 용서라는 것을 모르고 일방적으로 박살을 내주었다.

지혁의 개입으로 인해 순식간에 전세가 뒤집혔다.

그런 지혁을 보면서 필용을 설득하려고 하였던 놈이 외쳤다.

"뭐하냐? 놈은 혼자다. 다구릴 쳐서라도 놈을 죽여."

놈의 지시에 필용을 공격하고 있던 놈들 중에 일부가 지혁을 공격하게 되었기에 필용과 동생들이 조금은 편하게 싸움을 할 수가 있게 되었다.

지혁을 공격하는 놈들의 손에는 야구방망이와 회칼이 쥐어져 있었다.

"죽어라."

휘이익!

회칼을 들고 있던 놈이 지혁에게 칼을 휘둘렀지만 지혁은 놈의 손목을 잡아 강하게 비틀었다.

우드득!

뎅그렁.

"으아악!"

"내 앞에서 칼을 쥐었으니 너는 더 이상 정상적인 인간으로 살아 갈 수가 없을 거다."

그러면서 다른 이들도 강하게 발로 걷어차 버렸다.

그 속도는 이들의 눈으로 따라 잡을 수가 없을 정도였기에 지혁은 일방적으로 이들을 두들기고 있었다.

빠각!

꽈득!

지혁의 공격으로 인해 사지 중에 하나는 반드시 부러졌고 상대는 그대로 기절하거나 쓰러지고 말았다.

지혁은 확실하게 상대를 박살 내면서 앞으로 진격을 하고 있었다.

빠드득!

공격하던 이들 중에 마지막의 인물이 지혁의 공격으로 다리가 부러지는 소리를 내며 기절을 하였다.

"너가 내 친구를 공격한 놈이냐?"

지혁의 몸에는 피가 튀어 마치 살인마와 같은 분위기를 풍기고 있었다.

"으으으… 네놈은 누구냐?"

"나? 저기 필용이 친구지."

지혁의 실력에 필용과 동생들도 싸움을 멈추고 지혁을 보게 되었다.

장내에 있는 모든 이가 지혁의 실력이 얼마나 강한지를 눈으로 직접 확인하고 있었기에 감히 그런 지혁에게 공격을 하려는 인간은 하나도 없었다.

아니, 공격을 하기는커녕 필용을 공격한 개작두라는 놈의 수하들은 공포에 몸을 떨고 있었다.

필용과 그의 동생들도 정도는 다르지만 마찬가지의 눈빛을 하고 있었다.

"왜 너 같은 실력자가 이런 싸움에 개입을 하는 거냐?"

"내 친구니까… 그러는 너는 뭐하는 놈인데 내 친구를 공격하는 거냐?"

이제 개작두의 수하들과 필용의 동생들은 숫자가 같게 되었다.

물론 여기저기 신음을 흘리고 있는 놈들도 있었지만 이미 놈들은 더 이상 움직일 수가 없는 병신이었기에 신경도 쓰지 않고 있었다.

"으으으……"

"개작두! 오늘 배신자가 어떻게 되는지 확실하게 알려주겠다."

필용은 비록 팔에 부상을 입었지만 그런 정도로 실력이 줄지는 않았다.

지혁은 필용의 팔에 피가 흐르는 것을 보고는 아주 싸늘

한 음성으로 말했다.

"이 씨발놈들이 오늘 모두 죽고 싶어 환장을 했지? 감히 내 친구에게 부상을 입혀? 많이 다쳤냐?"

"너의 도움으로 죽지 않게 되어 고맙다. 그런데 마지막은 내가 정리하게 해줘라."

"팔에서 그렇게 피가 나는데 무슨 정리야? 그냥 있어. 내가 싸그리 박살을 내서 앞으로 정상적인 인간으로는 살 수가 없게 만들어 주겠다."

지혁은 그렇게 말과 동시에 개작두에게 빠르게 갔다.

개작두는 지혁을 보고 있었기에 그런 지혁의 움직임에 바로 뒤로 물러서려고 했지만 그런 개작두의 움직임보다는 지혁의 움직임이 빨랐다.

쉬이익!

빠각!

"아악! 내 다리!"

"너는 한 방으로 부족하니 한 방 더 맞아라."

쉬이익!

꽈드득!

"크아악! 내 다리……."

지혁의 공격으로 개작두의 양다리는 완전히 부서졌고 기형적으로 꺾여 있었다.

인간의 발로 차서 저렇게 만들 수가 있다는 사실이 믿어지지 않을 정도로 강력한 힘이었다.

"뭐야? 너희는 아직도 무기 들고 있는 거냐?"

지혁의 질문에 세 명의 남자는 들고 있는 무기를 황급히 버렸다.

뎅그렁!

놈들이 무기를 버리자 지혁은 필용에게 다가갔다.

팔에는 칼에 당했는지 제법 긴 자상이 나 있었고 안에서는 아직도 피가 나오고 있었다.

"여기 구급상자 같은 거 없냐? 있으면 빨리 가지고 와라. 피가 너무 많이 나온다."

지혁의 말에 필용의 동생 중에 한 명이 빠르게 대답을 했다.

"제가 가지고 오겠습니다."

한 명이 빠르게 나가자 남아 있는 동생들은 그저 멍한 눈빛을 하며 지혁을 보고만 있었다.

"괜찮냐? 우선 지혈부터 하자."

지혁은 쓰러져 있는 놈의 옷을 찢어서 필용의 팔을 지혈해 주었다.

"고맙다."

필용은 지혁의 무력이 이렇게 강한지는 자신도 몰랐는데

오늘 보니 거의 괴물 수준이라는 것을 알게 되었다.

저런 인물과 전쟁을 했다가는 조직이 박살이 나는 것이 문제가 아니라 그냥 망한다고 보아야 했다.

조직원들이 모조리 병신이 되었는데 무슨 조직을 운영하겠는가 말이다.

"너희는 어서 여기를 정리해라."

필용이 동생들을 보며 지시를 내렸다.

"예, 형님."

필용은 동생들에게 지시를 내리고 다시 지혁을 보았다.

"우리는 자리를 옮겨서 이야기 좀 하자."

"그렇게 해라. 너희는 도망가지 말고 여기 정리하는데 도와줘라. 튀는 순간 나에게 잡히면 사지를 모조리 부숴주겠다. 알겠냐?"

무기를 버린 세 명의 남자는 지혁의 살벌한 말에 고개를 끄덕였다.

"아… 알겠습니다."

이들에게는 지금 지혁이 사람으로 보이지 않고 마치 악마를 보는 그런 기분이었기에 감히 거부할 용기가 없었다.

지혁이 확실하게 매듭을 짓고는 필용과 함께 다른 룸으로 갔다.

룸에 들어가자 필용은 지혁을 보며 도움을 요청했다.

"미안하지만 우리 큰 형님이 지금 공격을 받고 있는 것 같은데 좀 도와줘라. 이 은혜는 반드시 갚겠다."

필용은 오늘의 일을 해결하려면 지혁의 도움이 반드시 필요하다는 생각이 들어 먼저 도움을 요청하게 되었다.

"무슨 말인지는 알겠는데 나는 솔직히 친구가 위험에 빠졌다고 해서 온 거지 너희 조직의 일에 개입하려고 온 것은 아니잖아."

"나도 알고 있지만 처음이자 마지막으로 나 한 번만 도와줘라."

필용이 고개를 숙이며 진심으로 도움을 요청하자 지혁은 그런 필용을 보며 답답한 기분이 되었다.

자신이 비록 강력한 힘을 가지고 있지만 조직들 간의 전쟁에 이용하려고 그런 힘을 수련하고 있는 것은 아니었기 때문이다.

이들과 연관되기 시작하면 그 뒤가 좋지 않게 된다는 사실을 지혁도 알고 있어서였다.

"아무리 친구의 부탁이라고 해도 솔직히 나는 거부하고 싶다. 내가 조직에 가입하지 않은 이유를 잘 알고 있지?"

지혁이 조직에 가입하지 않은 이유가 바로 동생 때문이라는 것을 필용도 알고 있었다.

"물론 알고 있지만 이번 일은 우리 조직의 운명이 걸린 일이기 때문에 그런 거다. 제발 도와줘라."

"휴우, 우선 생각 좀 해보자."

지혁이 바로 거절하지 않은 것만으로도 다행이라는 생각이 드는 필용이었다.

필용은 지혁의 생각해 보겠다는 말에 바로 핸드폰을 들고 전화를 했다.

그런데 두 번이나 해도 전화를 받지 않자 필용은 바로 다른 번호로 전화를 걸었다.

—여보세요?

"나, 필용인데 오늘 개작두가 나를 공격하면서 우리 조직을 공격하고 있다는 말을 하는데 거기는 어떠냐?"

—그러면 밖이 소란스러운 이유가 공격을 받고 있어서 그런 것 같네요. 잠시만 기다려 주세요.

자신과는 다르게 큰 형님이 있는 곳에는 조금 늦게 공격을 한 모양인지 아직 사태를 파악하지 못하고 있는 것 같았다.

"우선 큰 형님은 어디 계시냐?"

—사무실에 계십니다. 그런데 오늘 형수님과 함께 오셔서 저희가 들어가지 못합니다.

형수와 오면 사무실에서 관계를 가지기 때문에 동생들이 사무실 근처에 가지를 않고 있었다.

하지만 오늘은 그런 사정이 중요한 것이 아니었기에 필용은 바로 동생에게 지시를 내렸다.

"지금 당장에 사무실로 가서 큰형님에게 보고해라. 지금 개작두가 속해 있는 세기파에서 대대적인 공격을 하고 있다고 말이다. 내가 보기에는 세기파만 있는 것이 아니라 다른 조직도 있는 것 같으니 바로 보고해야 한다. 그리고 여기서 지원을 갈 것이니 최대한 시간을 끌어라."

―아, 알겠습니다. 형님.

상대는 세기파가 공격하는 것이라는 말에 깜짝 놀란 음성이었다.

조직의 본부에는 상당한 실력을 가진 놈들이 있기 때문에 충분히 시간을 벌어줄 것으로 판단이 되었다.

필용은 우선 전화로 지시를 하고는 바로 지혁을 보았다.

지혁은 필용이 지시를 내리는 것을 보자 지금 그의 상황이 그리 좋지 않다는 것을 알 수가 있었다.

친구라고는 사회 나와서 처음으로 사귀었는데 그런 놈을 죽게 만들 수는 없었기에 결국 지혁은 고개를 끄덕이고 말았다.

"고맙다. 정말 고맙다. 내 이 은혜는 죽어도 갚겠다. 지금은 급하니 나중에 이야기를 하고 우선 이동을 해야겠다."

필용은 다급하게 말을 하고는 바로 자리에서 일어서 나

갔다.

필용은 나가면서도 전화를 하였는데 아마도 지원군을 최대한 모으는 것 같아 보였다.

지혁이 나가자 쓰러져 있는 놈들을 모두 룸에 모아 두었는지 복도에는 아무도 없었다.

"최대한 애들 모아서 큰형님에게 간다. 우리는 먼저 출발하고 애들은 바로 그쪽으로 오라고 해라."

"예, 형님."

동생들은 상황이 위급하다는 것을 알기에 바로 대답을 하였다.

필용과 지혁은 바로 나가서 차를 타고 이동을 하였다.

지혁이 도착한 곳은 건물이 있는 곳이었는데 입구에는 이미 당했는지 다른 파의 조직원이 입구를 지키고 있었다.

차가 멈추고 필용은 붕대를 감은 손에 몽둥이를 들고 있었다.

이들도 무기를 하나씩 준비를 하고 오는 길이었다.

지혁의 손에는 경호를 하는 이들이 가지고 다니는 봉을 들고 있었다.

이 봉은 필용의 가게에서 사용을 하던 것으로 지혁이 보기에 마음에 들어서 가지고 온 것이다.

"내가 먼저 안으로 진입하고 모두 나를 따라 안으로 들어

와라. 아직도 소리가 요란한 것을 보니 시간은 충분할 것 같다."

지혁은 지금 싸우고 있는 소리를 듣고 하는 말이었다.

필용은 지혁이 그렇게 말하자 조금 안심이 되었지만 그래도 걱정스러운 눈빛은 변함이 없었다.

지혁이 순간적으로 문을 박차고 내리면서 놈들에게 다가갔다.

"적이다!"

놈들은 지금 오는 사람은 모두 적이라고 생각하는 들고 있던 무기를 가지고 지혁을 공격하였다.

텅텅!

빠직!

우드드득!

"으악!"

"으윽!"

"크악!"

입구를 지키는 세 명은 지혁의 강력한 일격에 모조리 쓰러져 버렸다.

그런 지혁을 보고 필용은 정말 괴물이 따로 없다는 생각을 하게 되었다.

'완전히 온 몸이 무기네. 정말 괴물이잖아?'

필용은 지혁이 싸우는 것을 직접 보았지만 아까는 부상이 심해 정신이 없었다. 온전한 정신으로 상황을 보게 되자 지혁이 얼마나 강한지를 느낄 수가 있었다.

"입구에 쓰러진 놈들이 눈에 뜨지 않게 안으로 끌고 들어가자."

조직 간의 전쟁이 벌어지면 가장 먼저 움직이는 것이 경찰이었기에 이들의 조치는 그런 경찰의 개입을 사전에 막으려고 하는 행동이었다.

조직 간의 전쟁이 자주 일어나지는 않지만 만약에 전쟁이 벌어지면 서로 간에 암묵적으로 경찰의 개입에 대해서는 서로 지켜야 할 규율이 있었다.

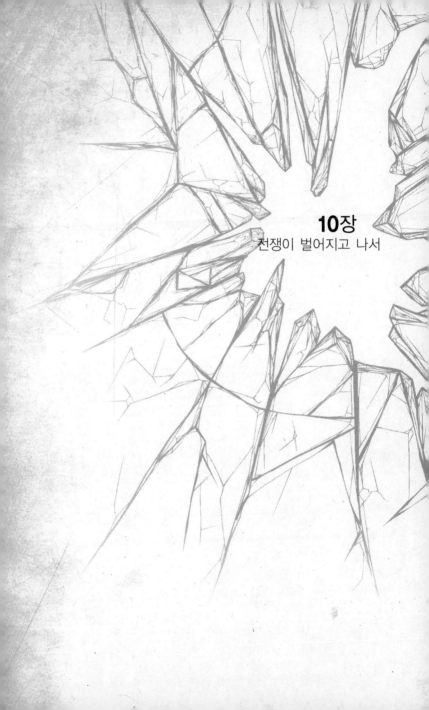

10장
전쟁이 벌어지고 나서

"막아! 무슨 수를 써서라도 시간을 끈다."

"놈들을 죽여라."

챙챙챙!

건물 안에서는 지금 치열한 혈전이 벌어지고 있었다.

필용의 연락으로 적의 공격을 알게 되자 바로 비상이 걸렸고 조직의 보스도 나와 있었다.

전쟁은 점점 과격해지고 있었지만 이들은 필용이 지원군을 데리고 온다는 사실을 알고는 필사적으로 방어를 하고 있었다.

"필용이가 온다고 했는데 얼마나 걸리겠냐?"

"아마도 삼십 분 정도는 걸려야 할 겁니다. 필용이 형님도 공격을 받았다고 하니 말입니다."

"이놈들은 아주 작정을 하고 공격을 하는 것이네."

"형님! 세기파 말고 다른 조직도 있는 것 같습니다. 정체를 감추려고 밑에 애들만 지원한 것 같습니다."

세기나 불가사리나 거의 쪽수가 비슷해서 전쟁을 할 상황이 아니었는데 세기파가 대대적으로 공격을 한 것을 보면 다른 조직원들이 대거 투입되었다고 보아야 했다.

그리고 결정적으로 세기파의 얼굴들은 이들도 대부분 알고 있는데 오늘 공격을 하는 놈들 중에 절반 이상이 모르는 얼굴이었기 때문이다.

"무슨 일이 있어도 필용이 올 때까지는 버텨야 한다."

"최대한 막고 있지만 점점 밀리고 있습니다!"

"밀리면 끝장이니 모두 전쟁할 준비를 해라."

불가사리파 보스의 지시로 인해 모든 인원이 전쟁을 준비하게 되었다.

불가사리파의 격전(激戰)은 아래에서 밀고 들어오는 지혁과 필용에게는 도움이 되고 있었다.

상층에서 하는 전쟁 때문에 아래는 많은 인원이 없어서

였다.

그럼에도 필용의 몸은 지금 피투성이가 되어 있었다.

"너 몸조심해라. 그러다가 골로 간다."

"아직은 괜찮으니 걱정 마라. 이제 올라가자."

"그래, 이제 두 계층만 가면 되냐?"

"아마도 가장 위층에서 전쟁을 하고 있을 거다."

놈들이 공격을 하면서 엘리베이터를 어떻게 했는지 움직이지가 않아서 결국 걸어서 올라가고 있었다.

지혁이 가장 상층에 도착을 하니 계단을 막고 있는 놈들이 고함을 쳤다.

"놈들의 지원군이다!"

"어서 막아!"

지혁은 가장 선두에 서서 올라가고 있었다.

"막기는 개뿔이나!"

지혁은 그렇게 소리를 치면서 들고 있는 봉을 휘둘렀다.

위이잉!

지혁의 봉에는 강력한 힘이 담겨 있어서 봉을 막는 순간에 상대는 막은 부위가 부러지게 되었다.

텡! 빠각!

"크악!"

뎅! 우직!

"아악!"

지혁의 움직임은 엄청나게 빨랐고 그로 인해 적들의 후방이 흔들리기 시작했다.

"형님! 뒤에 지원군이 온 것 같습니다."

"뭐라고? 뒤에도 방어를 하는 놈들이 있었잖아?"

"그런데 계속 비명이 나오는 것을 보니 아마도 제법 많이 온 것 같습니다."

뒤를 방어하라고 인원을 배치했는데도 불구하고 소란스러운 것을 보면 그럴 수도 있다는 생각이 들었다.

"저기 있는 지원조를 뒤로 보내서 뒷정리를 하라고 해라. 나는 여기서 놈들을 정리하겠다."

"예, 형님. 지원조는 나를 따라 가자."

남자는 지원조를 데리고 뒤로 이동을 하였다.

하지만 지원조가 도착할 때는 이미 지혁에게 모두 당한 후였다. 그들은 같은 조직원들이 쓰러져 있는 모습만 보게 되었다.

"형님! 저기 우리 애들이 모두 쓰러져 있습니다."

"놈들이다. 무기를 가지고 공격해라."

남자는 지혁과 필용 일행이 보이자 적이라고 판단하고 바로 공격을 지시했다. 이상하게도 상대편 인원이 적어 보였지만 깊이 생각할 때가 아니었다.

"죽여라!"

놈들은 이미 전쟁에 미쳐 있는지 무기를 들고 달려들었다.

지혁은 그런 놈들을 보고 입가에 차가운 미소를 지었다.

"죽고 싶다는데 어떻게 하겠어? 죽여 줘야지."

지혁은 봉에 묻은 피를 털고는 바로 달려나갔다.

물론 그런 지혁의 옆에는 필용과 동생들이 함께했다.

이들은 지혁이 상대를 하고 난 이들을 상대하고 있었다.

지혁이 모두를 상대할 수는 없었기에 지혁이 상대를 박살 내기 전까지 버티는 것이 이들의 임무였다.

지혁의 봉이 움직이자 또다시 엄청난 광경이 만들어지고 있었다.

위이잉!

텅! 빠직!

우드득! 우득!

"크아악!"

"아악!"

지혁이 지나가는 자리에는 어김없이 사지 중에 하나가 박살이 난 인간들이 쓰러지기 시작했다.

필용과 동생들은 그런 지혁을 실력을 눈으로 보면서 정말 괴물이라는 생각만 들었고 저런 괴물이 적이 아니란 것에 감사하고 있었다.

지원조는 순식간에 박살이 났고 지원조를 이끌고 왔던 지혁의 실력을 본 남자의 눈에는 공포만 가득했다.

"다가오지 마라."

남자는 주춤거리며 뒤로 물러섰지만 지혁은 시간이 없다는 것을 알기에 그런 남자를 봐주고 싶지가 않았다.

"형님이라는 놈이 겁은 많아가지고… 그냥 맞아라."

쉬이익!

쫘드득!

"크아악!"

남자는 지혁의 공격에 공중으로 붕 떠서는 날아갔고 다리가 박살이 나면서 기절을 하고 말았다.

도저히 인간의 힘이라고는 믿어지지가 않는 광경이었다.

적들에게는 공포를, 아군에게는 용기를 주는 그런 광경이었다.

"최대한 빨리 놈들의 뒤통수를 친다."

지혁은 이제 본인이 직접 지시를 내리고 있었다.

필용을 통해서 해야 하지만 지금은 상황이 그럴 상황이아니기에 직접 지시를 바로 내리고 있었다.

"예, 형님."

필용의 동생들은 이미 지혁이 필용의 친구라는 것을 알

았고 지혁의 실력을 눈으로 보았기에 지시를 거부하는 놈은 하나도 없었다.

아니, 오히려 지혁이 지시해 주어 영광이라는 생각을 들고 있었다.

지혁은 전쟁을 하고 있는 놈들의 뒤를 바로 공격하였다.

위이잉!

뎅! 빠드득!

꽈직!

지혁에게는 걸리는 것이 없었고 완전히 일방적인 공격이었다.

감히 반격을 하지 못할 정도로 엄청난 파워로 공격을 하고 있으니 전쟁은 순식간에 소강상태가 되고 말았다.

"너… 너는 누구냐?"

세기파의 보스는 지혁으로 인해 전쟁이 지게 생겼기에 하는 말이었다.

"나는 여기 필용이 친구. 시간 없으니 빨리 해결하자."

지혁은 놈들에게 빠르게 다가갔고 그런 지혁이 다가오자 놈들은 급하게 뒤로 물러나고 있었다.

이들은 전쟁을 하면서 지혁처럼 무식하게 박살을 내는 인간은 처음이었다.

걸리면 족족 박살이 나는데 그런 인간을 무슨 수로 상대를 하겠는가 말이다.

"형님, 필용이 지원군을 데리고 왔습니다."

"나도 보고 있다. 그런데 엄청난 놈을 데리고 왔구나."

불가사리파의 보스는 지혁이 싸우는 것을 보면서도 그 실력을 가늠할 수 없었다.

솔직하게 지혁이 인간인지가 궁금했다.

"형님, 인간이 저렇게 강할 수도 있는 겁니까?"

"나도 내 눈으로 확인하고 있는데도 믿지 못할 정도이다."

이들의 눈에는 지혁이 괴물이지 절대로 인간으로 보이지가 않았다.

지혁이 다가가는 곳은 마치 썰물이 빠져나가는 것처럼 갈라지고 있었다.

이제는 이들이 전쟁을 하러 온 것인지 아니면 일방적으로 구타하러 온 것인지가 구분이 되지 않을 정도였다.

"지혁아, 그만하자."

필용은 놈들이 이미 사기가 꺾였다는 것을 알고는 지혁을 불렀다.

"그래? 친구의 부탁이니 들어주어야겠지. 모두 손에 든 것을 버린다. 실시!"

지혁의 음성에 세기파의 조직원들은 눈에 가득한 공포심 때문에 들고 있는 무기를 바로 앞에 던지고 있었다.

챙그렁.

철컹…….

"어쭈, 아직도 무기를 들고 있는 것은 나와 한판 해보자는 거지?"

지혁은 아직도 무기를 들고 있는 놈들을 보며 차가운 음성으로 말했다.

챙그렁! 후드득!

그 말이 끝나자 무기는 바로 던져지기 시작했고 세기파의 보스 주변에 있는 놈들만 아직도 무기를 들고 있었다.

"망치 형님, 그만 항복하시지요."

필용은 세기파의 보스를 보며 그렇게 말했다.

망치라고 하는 사람은 그런 말에 주먹을 불끈 쥐며 부르르 떨었다.

이미 수하들은 모두 항복을 한 상태였고 자신이 여기서 더 버티지 못한다는 사실도 알았다.

"형님! 저는 죽어도 형님과 함께하겠습니다."

세기파의 간부이자 망치의 충실한 동생인 불곰의 말이었다.

망치는 불곰의 말에 그의 얼굴을 보았는데 그런 불곰의

눈에도 공포가 담겨 있는 것을 보았다.

말은 그렇게 하면서도 마음속으로는 무서워하고 있다는 것이다.

망치는 자신도 공포를 느끼고 있는데 다른 동생들이야 당연하다는 생각이 들었다.

"무기를 버려라. 이미 우리는 이번 전쟁에 졌다."

망치의 선언에 간부들은 순식간에 무기를 던졌다.

마치 그런 명령을 기다리고 있었다는 듯이 말이다.

"그런데 거기는 누군가? 오늘 처음 보는 얼굴인 것 같은데?"

망치가 지혁을 보며 질문을 하자 필용이 대신 대답해 주었다.

"제 친구입니다. 실력이 강해서 도움을 요청해 같이 오게 되었습니다. 망치 형님."

필용은 그래도 선배였기에 후배로서 대우는 하고 있었다.

"하하하, 친구였다는 말이지? 저렇게 천하무적의 실력을 가지고 있는 사람을 친구로 두고 있다는 말이지……."

망치는 지혁의 실력을 보고는 절대 인간의 힘이 아니라고 생각이 들었다.

공격 한 번에 사지 중에 하나가 박살 나는 데, 절대 인간이 아니라는 생각이 들었다.

만약 뒷세계에 저런 인간이 한 번이라도 등장했다면 예전에 전국은 통일되어 있었을 것이니 말이다.

그 정도로 지혁의 실력은 이들에게 강한 공포심을 주었다.

불가사리파의 보스는 망치가 항복을 하자 천천히 걸어서 필용이에게 갔다.

"수고했다. 이야기는 나중에 하고 우선은 여기를 정리해야겠다."

"알겠습니다. 형님."

필용이 대답을 하자 보스의 눈길은 망치를 향했다.

지혁을 보고 싶었지만 감히 그렇게 하지 못하고 있었다.

"망치, 항복을 했으니 이제 묻겠다. 어떤 조직이 합류를 한 것이냐?"

"항복을 하였으니 너희 마음대로 해도 좋은데, 그것은 묻지 마라. 나도 약속을 했으니 말이다."

이들은 항복을 하게 되면 그 결말이 어찌 될지는 스스로가 가장 잘 알고 있었다.

패배자는 결국 병신이 되어 평생 조직을 떠나서 살아가야 했다.

불가사리파의 보스는 망치와 동년배로 서로에 대해 가장

잘 아는 사이였다.

비록 적으로 만나고 있지만 말이다.

"좋아, 항복을 했으니 더 이상은 묻지 않겠다. 하지만 마지막 정리를 해야겠지? 애들아! 조용히 정리해 줘라."

"예, 형님."

이제 세기파는 사라지고 불가사리파만 남게 되었다.

세기파의 조직원 중에 실력이 있는 이들은 불가사리파에 흡수되고 그렇지 않은 놈들은 아마도 모두 폐기 처분을 당하게 될 것이다.

불가사리파의 보스인 한채욱은 자신의 사무실에서 지혁과 만나고 있었다.

물론 필용과 간부들도 함께였다.

감히 지혁과 단독으로 만날 용기가 없어서였다.

솔직히 겁이 나는 것은 사실이었고 말이다.

"고맙소. 이렇게 엄청난 도움은 생각지도 못했소."

"친구인 필용이가 도와달라고 해서 온 겁니다. 그렇지 않으면 이런 일에 개입을 하지 않았을 겁니다. 물론 그것도 이번이 마지막이지만 말입니다."

지혁은 이번이 마지막으로 주는 도움이라고 아주 확실하게 못을 박고 있었다.

그러나 지혁의 그 말은 간부들과 보스의 마음을 안심시

켜 주고 있었다.

지혁과 같은 실력자가 조직에 들어오면 아마도 모든 조직원이 지혁의 지시를 따르고 싶어 할 것이기 때문이다.

자신의 눈으로 직접 지혁의 실력을 본 자라면 그의 지시를 감히 거절할 용기를 가질 수 없으리라.

불가사리파 조직원 중에서도 그런 용기를 가진 자는 아마도 단 한 명도 없을 것이라는 생각이 들었다.

"아무튼 이번에 큰 도움을 받았으니 인사를 하지 않을 수가 없을 것 같소. 정말 고맙소."

한채욱은 정중하게 지혁을 향해 인사를 했다.

지혁은 그런 인사를 받아주었지만 마음은 그리 편하지가 않았다.

죽이지는 않았지만 많은 이를 불구로 만들었기 때문이다.

지혁에게 맞은 이들은 뼈가 그냥 부러진 것이 아니라 가루가 되었기에 나중에 수술을 해도 이들은 불구로 살아야 했다.

가루가 된 뼈를 무슨 수로 정상으로 만들겠는가 말이다.

이것도 나름 힘 조절을 한다고 한 거였다.

"그 인사는 받겠습니다. 내가 도움을 주었기에 받는 당연한 감사이니 말입니다. 인사를 받았으니 저는 그만 가보겠습니다."

지혁은 인사를 받자 바로 일어섰다.

이제는 자신이 없어도 이들이 충분히 정리할 수가 있다고 판단이 들어서였다.

지혁이 일어서자 간부들도 모두 일어섰다.

이는 지혁의 실력을 보고 경외심을 느꼈기에 자신도 모르게 그렇게 행동을 한 것이다.

필용은 이미 전쟁을 마치면 자신은 바로 돌아가겠다는 이야기를 들었기에 그런 지혁의 행동을 막을 수가 없었다.

"여기가 정리되면 연락할게."

"그렇게 해라. 나 간다. 수고하고."

지혁은 그렇게 인사를 하며 손을 흔들어 주고는 바로 나가 버렸다.

필용과 간부들은 그런 지혁을 배웅했다. 지혁을 태운 차량이 눈에 보이지 않을 정도로 멀어지자 그제야 이들은 크게 숨을 쉬었다.

"형님, 저런 괴물을 어떻게 알게 되신 겁니까?"

"묻지 마라. 나도 저런 괴물인지는 오늘 처음 알게 되었으니 말이다."

필용은 말은 사실이었지만 동생들은 그렇게 생각하지 않는 모양이었다.

한채욱은 지혁에 대한 생각을 하면서 어떻게 보상을 해주어야 하는지를 고민하고 있었다.

세기파를 흡수하게 되었으니 세기파가 가지고 있는 건물 중에 하나를 주어야겠다는 생각도 들었고 거기에 자금까지 보태서 주어야 하는지 고민하고 있었다.

오늘의 전쟁은 지혁이 없었다면 반드시 패배했을 거라는 생각을 지울 수가 없었기에 그런 지혁에게 보상을 하지 않을 수가 없어서였다.

필용이 다시 사무실로 들어오자 가장 먼저 그 문제부터 이야기를 하게 되었다.

"필용아, 너의 친구에게 무언가 보상을 해야겠는데… 어떻게 해주었으면 좋겠냐?"

보스의 질문에 필용도 당연히 보상을 해야 한다는 생각은 가지고 있었지만 막상 질문을 받자 바로 대답할 수가 없었다.

"그런 일은 형님이 알아서 해주십시오. 제가 중간에 개입하면 곤란하지 않겠습니까?"

"아니다. 이번에는 그 친구의 공이 가장 컸고 그런 공을 세웠는데 그냥 넘어 갈 수는 없지. 이미 세기파는 우리에게 흡수될 것이고 그러면 세기파가 가지고 있는 막대한 재산도 우리에게 돌아오게 된다. 그 친구에게 세기파의 건물 중

하나를 주려고 한다."

"그 친구는 지금 가게를 하고 있으니 건물을 선물하면 도움이 되겠네요."

"가게를 한다고? 그런 실력을 가진 사람이 가게나 하고 있다는 소리냐?"

한채욱은 필용의 대답에 믿어지지가 않는다는 얼굴을 하며 물었다.

자신이 만약에 그런 실력을 가지고 있다면 절대로 가게나 하고 있지는 않을 것이라는 생각이 들어서였다.

자신 같으면 전국을 통일하려고 할 것이기 때문이다.

그리고 그런 실력이라면 통일을 하고도 남을 것이었다.

"그 친구는 우리 조직에서 영입하려고 하였지만 거절을 한 친구입니다. 실력은 확실하지만 우리와 같은 길을 걷고 싶지 않다고 말을 들었습니다. 동생이 있는데 동생을 위해 조직에 속하고 싶지 않다고 하였습니다."

그러면서 지혁에 대해 자신이 알고 있는 것들을 모두 말해주었다.

오늘 전쟁이 벌어지기 전까지 자신도 지혁이 그렇게 괴물 같은 실력을 가지고 있는지도 몰랐다는 사실까지 모두 말하게 되었다.

한채욱은 필용의 말을 들으면서 조직에서 영입을 하려고

하였을 정도의 실력이었다면 이미 상당한 실력이라는 생각이 들었다.

오늘 자신의 눈으로 확인한 지혁의 실력은 자신이 살아오면서 본 적이 없는 차원의 것이었고, 절대로 적으로 만나서는 안 되는 존재라는 것을 강하게 인식하게 되었다.

"그러면 너의 친구가 있는 가게 주변 건물을 주는 것으로 하자. 자금도 조금 마련해 줄 테니 네가 건물과 함께 전해 주었으면 한다."

필용은 보스인 한채욱이 후배들을 챙겨주는데 인색하지 않다는 것을 알기에 지혁에게 주려고 하는 것이 상당한 금액일 것이라는 생각이 들었다.

"그렇게 하겠습니다. 형님."

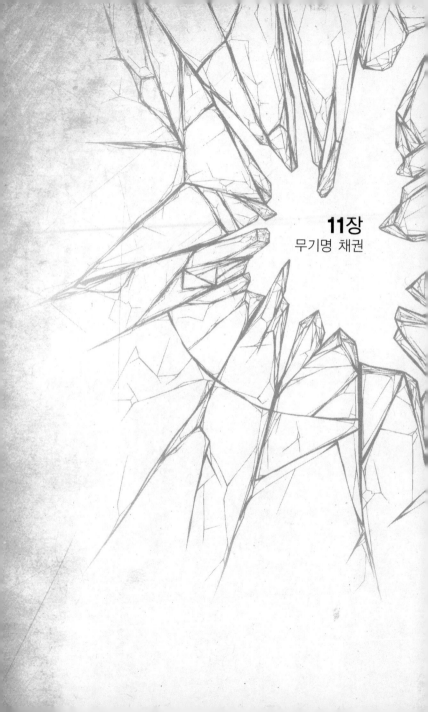

11장
무기명 채권

　전쟁을 마치고 지혁의 가게가 있는 일대에는 엄청난 변화가 생겼는데 우선은 세기파가 불가사리파에 속하게 되었고 지혁의 가게 근처는 절대 접근금지 지역이라고 조직에 알려지게 되었다.

　물론 지혁도 필용의 간곡한 말에 보스가 주는 선물을 받게 되어 새로운 건물로 가게를 옮기게 되었다.

　십 층짜리 건물과 오십억이라는 자금을 받았는데 지혁은 일 층과 이 층을 모두 가게로 만들었고 자신은 십 층에 사무실을 만들어 사용하게 되었다.

그동안 사무실로 사용하던 것이 좁았는데 이번에는 사무실을 크게 해서 수련실과 명상실도 함께할 수 있도록 만들었다.

물론 잠도 잘 수가 있었고 말이다.

일종의 원룸과 같은 방식으로 십 층의 절반을 그렇게 꾸미게 되었다.

"야, 사무실을 이렇게 꾸미니 좋네."

"괜찮냐?"

"전에 사무실과 비교를 하면 이거는 완전히 하늘과 땅 차이지 안 그래?"

"그렇기는 하지. 앉아라."

지혁의 사무실에 놀러온 이는 필용이었다.

필용은 이제 지혁의 가게로 자주 놀러오고 있었는데 이번 전쟁으로 인해 필용은 조직의 부두목급으로 진급하게 되어 요즘은 시간이 많이 남았다.

"그런데 가게를 빼고 나머지는 모두 세를 준 거냐?"

"어, 모두 세를 주었다."

"그런데 관리하는 사람은 하나도 안보이네?"

"하하하, 내일부터 출근하게 될 거다. 아가씨 하나 하고 남자 직원 몇 명이 온다."

지혁은 건물을 받고 나서 성준에게 어떻게 관리를 하는

것이 좋을지를 물었고 성준은 그에 대해 조언을 해주며 사람도 소개해 주었다.

이번에 오는 사람들이 바로 성준의 소개로 오는 사람들이었는데 성준의 말로는 믿을 수가 있는 사람들이라고 해서 지혁은 군소리 없이 출근하라고 해주었다.

성준은 자신의 장자방이나 마찬가지의 인물이었기에 그런 성준이 소개하는 인물이라면 믿을 수가 있다고 생각이 들었다.

우선은 남자 직원 두 명에 여자 직원 한 명이지만 나중에 필요하면 더 고용하면 된다고 하여 그렇게 하기로 하였다.

"아이고, 그러면 이제는 정말로 사장님이네. 축하한다."

"언제는 사장이 아니었냐?"

"그때는 구멍가게 사장님이었지만 지금은 건물도 가지고 있는 확실한 사장님이잖아."

"그러면 너도 축하해 줄까?"

필용이 조직의 부두목급으로 승진한 것을 두고 하는 말이었다.

이번 전쟁에 가장 많은 공을 세운 사람이 바로 지혁이었고 그 지혁을 부른 이가 필용이었기 때문에 필용은 조직에서 주목받는 간부가 되었다.

사실 승진이라고 해봐야 필용의 입장에서는 좋은 일도

아니었지만 말이다.

"너는 구역에서 손을 떼고 이제 너의 친구에게 가서 놀다가 와라. 그 친구에게 가라는 이유가 무엇 때문인지는 너도 알고 있을 테니 더 이상 설명하지 않겠다."

"알겠습니다. 형님."

불가사리파의 보스는 자신의 구역에 지혁이 있기 때문에 엄청나게 신경을 쓰고 있었고 지혁과 친구인 필용을 보내서 보이지 않는 감시를 하게 만들었다.

사실 지혁과 같은 인물이 있으면 보스의 입장에서는 상당히 불편했다.

조직원들 중에 누구라도 가서 인사를 할 수가 있었고 그런 이들이 하나둘 늘어나면 그때는 조직이 분리가 될 수도 있는 문제였기에 신경을 쓰지 않을 수가 없었다.

그렇다고 지혁에게 가서 떠나라는 말을 할 용기는 없었고 말이다.

"내가 축하 받을 일이 있기나 하냐? 하는 일이 매일 여기 와서 죽치다가 가는 것이 일인데 말이다."

지혁도 필용이 매일 출근하는 이유를 알고 있었지만 따지지는 않았다.

이들이 그러는 이유를 어느 정도는 알고 있어서였다.

"그러면 너도 아예 여기로 출근을 해라. 거기 그만 두고 말이다."

"내가 거기 그만두고 할 일이 있겠냐?"

"그러면 그런 요상한 소리를 하지 말고 있던가."

"알았다. 그런 소리는 그만 하고. 동생은 학교 잘 다니고 있냐?"

필용도 지혁의 동생인 수진을 만나보았기에 하는 소리였다.

"어, 학교야 잘 다니고 있지. 주변에서 그렇게 지켜주는데 문제가 있겠냐?"

불가사리파에서는 수진을 확실하게 경호해 주고 있었다.

이는 지혁이 동생인 수진을 얼마나 생각하는지를 알기에 혹시 구역에서 문제가 생기지 않게 하려는 의도에서였다.

수진을 위해 조직원 중 실력이 있는 두 명을 고정으로 배치할 정도로 말이다.

"이게 모두 너를 위해서 하는 일이 불만 가지지 마라."

"그래, 알았다. 그런데 세기파에 대한 조사를 마친 거냐?"

"그게 조금 이상한 문제가 생겼는데 세기파에 협조를 한 조직은 있지만 문제는 실존하는 조직이 아니고 본거지가 없는 조직이라는 거야."

필용은 자신들이 조사한 내용을 지혁에게 설명해 주었다.

필용의 말에 의하면 조직은 있는데 본거지가 없는 그런

조직이라는 말이었다.

세기파의 보스인 망치는 누군지도 모르는 인물에게 돈과 인원을 지원받아 불가사리파를 공격하였다는 말이었다.

"그게 무슨 소리냐? 무슨 유령이냐?"

"지금 놈들의 자금을 추적하고 있으니 조만간에 무언가를 알아낼 수가 있을 거야. 일본의 야쿠자 놈들이 개입한 것 같다는 소리도 있으니 말이다."

지혁은 일본의 야쿠자라는 소리에 눈빛이 달라졌다.

"일본의 야쿠자라고? 놈들이 이제는 한국으로 진출하려고 하는 거냐?"

"그런 모양이지만 아직은 이쪽으로는 힘들지. 부산이라면 몰라도."

부산에는 일본의 야쿠자들이 상당히 많이 몰려 있는 곳이었다.

이미 예전부터 부산의 조직과 연계를 하여 자리를 잡은 곳이라 한국의 조직도 그들을 건드리지는 않는다고 들었다.

하지만 지혁은 일본이라고 하면 우선 기분이 나빴다.

비록 자신에게 이런 힘을 만들어 주기는 했지만 실험체였다는 사실은 잊지 않았다.

"우리 구역에 일본의 야쿠자가 들어오게 해서는 곤란

하지."

"나도 같은 생각이다. 감히 쪽바리 새끼들이 여기가 어디라고 기어 들어와."

지혁은 조금만 시간이 지나면 자신이 직접 일본으로 가 볼 생각도 가지고 있었다.

아직은 수련을 마치지 못해서 참고 있지만 자신의 수련을 모두 마치면 절대 그냥 두지 않을 생각을 하고 있었다.

지혁이 수련을 하는 이유는 힘의 조절도 중요하지만 자신과 같은 이들이 없다고 볼 수는 없었기에 수련으로 더욱 강한 실력을 키우기 위해서였다.

나중을 대비해서 말이다.

"조사를 하면 나에게도 결과를 알려줘라."

"걱정 마라. 내가 총알같이 와서 보고를 할게."

지혁의 일상은 매일 반복되고 있었다.

아침에는 수련을 하고 오후에는 가게의 일을 보는 것으로 말이다.

수진이도 일주일에 두 번은 가게로 친구들과 와서 식사를 하고 있었고 말이다.

전에는 일주일에 세 번 정도 왔지만 지혁이 말해서 이제는 무조건 두 번으로 정해 버렸다.

드드드.

"무슨 일로 이 시간에 전화를 했냐?"

상대는 성준이었다.

이런 시간에는 거의 전화를 하지 않았는데 갑자기 연락을 하니 의문스런 생각이 들었다.

—너 혹시 말이야, 전에 채권 좀 더 구할 수가 있냐?

예전에 맡겼던 무기명 채권을 말하고 있었다.

"갑자기 채권은 왜?"

—아니, 전에 내가 구해준 사람이 더 구할 수 있는지를 물어서 말이다.

성준의 음성을 들으니 급하게 구해야 하는 것 같아 보였다.

지혁은 그런 자금이라면 필용을 통해 구할 수도 있을지 모른다는 생각이 들었다.

원래 양지에 있는 자들 보다는 음지에서 그런 것은 더 잘 구할 수가 있었기 때문이다.

"일단은 내가 한 번 알아볼게, 그런데 얼마나 필요하다고 하는데?"

—이번에는 한 백억 정도나 그 이상도 좋다고 한다.

"흠, 고액이네?"

—구할 수 있으면 좀 구해줘라. 이번에는 약간의 보너스가 있으니 말이다.

성준이 보너스라고 하는 말을 할 정도면 제법 많이 받을
수가 있다는 생각이 들었다.

"그래, 알아보고 연락할게."

지혁은 그렇게 통화를 마치고 오늘 필용이 오기를 기다
렸다.

시간이 지나자 필용이 왔다.

"오늘은 좋은 소식을 가지고 왔으니 기대해라."

"매일 와서 그런 소리를 하는 것도 지겹지 않냐?"

"흐흐흐, 그런데 오늘은 확실한 소식이다."

그러면서 필용은 세기파에 대한 이야기를 했다.

세기파의 보스인 망치가 일본의 야쿠자 간부에게 자금과
인원을 지원 받은 게 확실하다는 말이었다.

이번에 세기파의 자금을 추적하는 도중에 나온 증거를
무기삼아 불가사리파의 보스인 한채욱이 직접 바로 망치를
찾았고 망치의 가족을 협박하여 알게 된 사실이었다.

"그런데 일개 간부가 그렇게 많은 지원을 할 수가 있는
거냐?"

"나야 모르지. 하지만 일본의 야쿠자들은 한국의 조직과
는 다르게 엄청난 자금을 굴리고 있으니 가능성이 없지는
않아."

"문제는 어느 조직에서 개입을 하였는지를 모른다는 말

이잖아?"

망치도 일본의 조직이라고만 알고 있지 어느 조직인지를 알지 못했다.

그자는 돈을 먼저 주었고 사람들도 먼저 보내주었기에 망치도 믿지 않을 수 없었다.

지원군도 모두 한국인이었기에 망치 역시 다른 조직의 사람을 고용해서 보내준 것으로 알고 있을 정도였다.

이번 전쟁으로 항복한 놈들을 심문하였지만 그들의 입에서는 생소한 조직에 대한 말만 나왔는데 그 조직을 만든 곳이 바로 일본의 야쿠자 간부라는 이야기였다.

"그래도 일본놈이 개입했다는 사실을 알아냈잖아."

"그래, 수고했다."

"자식이, 소식을 전해줘도 지랄이야."

"쓸데없는 소리 하지 말고. 너, 혹시 무기명 채권 같은 것도 구할 수 있냐?"

지혁이 하는 말에 필용은 무슨 소리인지를 알아듣지 못했는지 지혁을 바라보았다.

"그게 무슨 소리냐?"

"아, 왜 비밀스럽게 자금을 만들기 위해 무기명으로 채권을 구입하잖아? 그거 구할 수 있는지 묻는 거다."

필용은 주먹과 머리를 잘 쓰지만 아직 경제에 대해서는

모르는 것이 많았다.

"갑자기 무기명 채권은 왜?"

"아니, 구할 수 있으면 좀 구해 달라고."

필용은 지혁의 말에 의문스러운 눈빛을 하였다.

지혁이 하는 장사에는 그런 채권이 필요하지 않았기 때문이다.

"확실하게 말을 해야 알아듣지. 무슨 일이야?"

필용의 물음에 지혁은 피식 웃고 말았다.

"아무리 대가리 굴려봐야 들을 말은 정해져 있으니 대답이나 해봐."

필용은 더 이상은 대답을 들을 수가 없다는 사실을 알고는 더 이상 묻지는 않았다.

"알아는 보겠지만 장담은 못해."

"가능하면 구해주었으면 한다."

"그런데 금액은 얼마나?"

"우선 급한 대로 백억 정도면 되는데. 더 가능하면 더 구해주고."

지혁의 대답에 필용은 놀란 눈빛을 하였다.

지혁이 백억이라는 말을 아주 쉽게 하고 있지만 사실 백억이라는 돈은 필용의 입장에서는 평생을 가도 만질 수도 없는 거액이었다.

＊　　　＊　　　＊

　지혁은 필용에게 도움을 요청해서 무기명 채권을 구할 수가 있었다.

　그것도 성준이 요구한 금액의 세 배에 해당하는 것을 말이다.

　확실히 음지에서 일하는 놈들이라 그런지 이런 것은 금방 구해주었다.

　무기명 채권은 주로 사채 쪽에서 구한다고 하는데 사채를 하는 인간들이 엄청난 자금을 가지고 있다는 것을 알게 되기도 했다.

　"성준아, 전에 무기명 채권을 백억 이상 구해달라고 했지?"

　ㅡ구했냐?

　"그래, 이번에 삼백억을 구했는데 어떻게 해줄까?"

　ㅡ허걱! 정말로 그렇게 많은 채권을 구했냐?

　성준은 삼백억에 달하는 채권을 구했다고 하자 놀라고 말았다.

　사실 자신도 지혁에게 말은 하였지만 거의 포기를 하고 있었는데 백억도 아니고 삼백억이나 구했다고 하니 놀라지 않을 수가 없었다.

지혁은 성준과 필용을 만나지 못하게 하였는데 이는 필용과 성준이 엮이지 않았으면 해서였다.

"이 자식이, 내가 그 정도도 구하지 못할 것으로 생각했냐?"

지혁이 기분 나쁜 투로 말을 하자 성준은 잽싸게 사과를 했다.

―아니 그런 뜻은 아니고. 나는 솔직히 그렇게 많은 금액을 구할 것이라고는 생각지 못해서 그런 거지.

"잔소리 하지 말고 어떻게 할 거야?"

―지혁아, 내가 다시 전화를 해줄게. 우선 상대방하고 이야기를 해봐야겠다.

"알았다. 그렇게 해라."

지혁도 성준이 누구의 부탁으로 자신에게 그런 이야기를 한 것을 알기에 바로 대답을 해주었다.

성준이 자신에게 부탁할 정도로 챙기는 사람이라면 상당한 재력가라는 생각이 들어서였다.

성준에게 다시 연락이 온 것은 그날 저녁이 되어서였다.

―여보세요. 지혁아, 삼백억이 확실하면 그 채권 모두 구입하겠다고 한다.

"그러면 돈은 어떻게 교환한다고 하냐? 이번에는 내가 가지고 있는 것이 아니기 때문에 만나서 교환해야 할 것 같다."

전에는 채권을 자신이 가지고 있어서 성준을 믿고 주었
지만 지금은 상황이 달랐다.

—그 사람은 자신의 신분이 들어나는 것을 싫어해서…
채권을 주면 바로 돈을 주겠다고 했는데 어쩌지?

"그 사람, 확실히 믿을 수 있는 사람이냐?"

—어, 그건 내가 보증할게.

지혁은 성준이 보증한다고 하자 고민을 하였다.

삼백억이라는 자금이니 그냥 달라고 하면 어느 미친놈이
그냥 주겠는가 말이다.

친구인 성준에게 많은 도움을 받고 있는 지혁이었기에
이번에는 확실하게 성준에게 도움을 주고 싶다는 생각이
들었다. 결국 비자금으로 외국 은행이 두었던 자금을 사용
해서라도 성준에게 도움을 주고 싶다는 생각을 하게 되었
다.

해외계좌에 있는 자금은 성준과 자신밖에 모르는 자금이
었고 성준은 그 계좌에 있는 건 다른 이에게 주어야 하는
자금으로 알고 있었다.

문제는 해외계좌의 자금을 어떻게 한국으로 가지고 오는
지였다.

'흠, 역시 필용이의 도움을 받아야겠다.'

지혁은 그렇게 생각을 정리하고는 성준에게 이야기를 했다.

"채권은 내가 구해 볼 테니 그 사람에게 자금이나 확실하게 준비하라고 해라."

―가능하겠냐?

"가능하게 만들어야지. 우선은 내가 확인해 보고 연락해 줄게."

―그래, 알았다.

지혁은 그렇게 통화를 마치고는 바로 필용에게 전화를 걸었다.

―왜?

"너, 그 채권 말이다. 가지고 있는 사람이 해외에 계좌를 가지고 있는지 알아볼 수 있냐?"

―사체를 하는 놈들이니 당연히 해외에 계좌를 가지고 있겠지. 그런데 갑자기 해외계좌는 왜?

"어, 상대가 채권을 받고는 싶은데 돈이 해외에 있다고 해서 말이야."

지혁은 아주 능청스럽게 연기를 하고 있었다.

―그러면 해외계좌로 돈을 주고 채권을 받겠다는 말이네?

"그렇지. 가능한지 연락해 봐라."

―알았다. 바로 전화해 줄게.

필용의 대답에 지혁은 전화를 끊었다.

자신의 해외계좌도 계속 저렇게 묶어 두는 것보다는 자주 사용해 주면 좋다는 생각이 들었다.

돈을 은행에만 두는 것도 좋은 것이 아니라고 생각하는 지혁이었다.

필용에게는 바로 전화가 왔다.

―말해보니 가능하기는 하지만 돈을 조금 더 주어야겠다고 한다.

"얼마나 더 주어야 하는데?"

―해외의 계좌라면 오 프로 정도는 더 받아야겠다고 하더라.

삼백억의 오 프로면 십오억이라는 돈이었다.

몇 달 전만 해도 오십만 원에 허덕이던 지혁은 엄청난 자금을 놈들이 공짜로 먹겠다는 소리에 화가 난 음성으로 말했다.

"그 새끼들 죽고 싶어서 환장을 했구나? 거기 어디냐?"

지혁이 화가 난 음성으로 말하자 필용은 그런 지혁을 달래기 바빴다.

만약에 지혁이 진짜로 놈들을 찾아가서 박살을 내버리면 자신이 상당히 곤란해지기 때문이었다.

―야, 진정하고 내 말을 들어봐. 사채를 하는 놈들이 그러면 공짜로 무기명 채권을 주겠냐? 원래는 구하려면 이자를 줘야 하지만 내가 특별하게 부탁을 해서 그냥 원금으로 계산해 주는 것인데, 해외계좌로 보내니 저들도 정말 싸게 오 프로로 해주는 거야. 이거는 진짜야.

필용은 지혁을 설득하기 위해 필사적으로 설명하였다.

지혁의 실력을 눈으로 확인한 자라면 대부분 필용과 같은 반응을 보일 것이다. 이미 불가사리파 조직원에게 지혁은 인간이 아니었다.

그만큼 지혁의 무력은 이들에게는 공포로 남아 있었다.

지혁은 필용이 하는 말을 들으니 이해는 갔지만 그렇다고 자신의 피 같은 돈을 공짜로 줄 수는 없는 일이었다.

"아무리 해외계좌이지만 그렇게 많이 달라고 하니 화가 나지. 조금 싸게 해달라고 해봐. 내가 십억까지는 양보를 할게."

―내가 다시 연락할게.

필용은 길게 말하지 않았다.

지혁은 그 시간에 성준에게 연락을 하였다.

―말해.

"채권 말이다. 같은 자리에서 교환을 하는 것이 아니라면 이자를 달라고 한다."

—얼마나?

성준은 이미 알고 있는지 금액을 물었다.

"오 프로라고 하네?"

지혁은 처음에 달라고 한 금액을 그대로 말해 주었다.

있는 놈이라고 했으니 그 정도는 줄 것이라는 생각이 들어서였다.

—알았으니 그렇게 해줘라.

성준은 오 프로라고 하자 바로 대답을 해주었다.

'이놈이 미쳤나? 오 프로면 십오억인데 그냥 간단하게 대답을 하네?'

지혁은 성준의 대답에 그런 생각이 들었지만 내색을 하지는 않았다.

"그러면 그렇게 알고 추진한다."

—그래, 알았으니 최대한 은밀하게 해줘.

성준은 상대에 대한 비밀만 보장이 되면 문제가 없다고 생각하는 것 같았다.

"알았으니 그 문제는 걱정 마라."

지혁은 이번 거래로 그냥 오억을 벌었다는 생각이 들어 기분 좋게 대답을 했다.

가게에서 장사를 하면 한 달 동안 버는 돈이 많으면 이천 정도였는데 이번 거래로 버는 돈이 오억이었으니 남아도 보통 남는 장사가 아니었다.

지혁은 싱글벙글하는 얼굴을 하고 있을 때 필용에게 연락이 왔다.

"어떻게 되었냐?"

—이번만 그렇게 해주기로 했지만 다음에는 그렇게 못해 준데.

아마도 이번은 필용이 때문에 상대도 그렇게 해주는 것 같았다.

지혁은 그렇게 생각했지만 실제로는 필용이 아니라 한채욱의 힘이 개입이 되어 그렇게 되었다.

한채욱의 사촌 동생은 지금 사채업을 하고 있었는데 그런 동생에게 연락하여 채권을 구입할 수가 있었다.

물론 필용은 보스의 동생에게 구했다는 말은 하지 않았다.

"알았으니 계좌나 불러. 바로 입금을 해주고 채권을 받아와야지."

—그러면 내가 가야 하는데. 같이 갈래?

지혁은 필용이 그런 돈 때문에 친구를 배신할 놈으로는 보이지 않았다.

그리고 자신이 그런 놈들과 자주 만나는 것도 좋은 일은 아니라는 생각이 들어서 거절을 하고 말았다.

"아니. 나는 중간 역할만 할 생각이니 그냥 가서 받아오기만 해라."

―그거 가지고 도망가면 어떻게 하려고?

필용은 그렇게 엄청난 자금을 자신에게 맡기는 배포에 놀라지 않을 수가 없었다.

"그 돈 가지고 도망가면 너는 그 정도의 인간밖에는 안되는 거고. 대신 나를 피해 평생을 도망 다녀야겠지만 말이다."

―에구. 그냥 가지고 가고 말지 도망은 무슨…….

필용은 지혁과 같은 놈의 손길을 피해서 도망간다는 생각을 하자 끔찍한 생각이 들었다.

"거기 도착하면 전화해라. 바로 이체해 줄게."

―그래, 알았다.

지혁은 그렇게 해서 채권을 구하게 되었고, 채권을 다시 성준에게 넘기면서 현찰로 돈을 받을 수가 있었다.

덕분에 오억이라는 공짜 돈을 벌게 되었고 말이다.

순식간에 오억이라는 돈을 벌자 지혁은 갑자기 엉뚱한 생각이 들었다.

'내가 해외에 있는 돈을 이용하면 이렇게 쉽게 많이 벌 수 있지 않을까?'

지혁은 이런 생각은 상당히 위험한 생각이었지만 무엇보

다도 자신에게는 강력한 무력이 있기에 가지게 된 생각이 었다.

　물론 당장에 그렇게 할 수는 없었지만 말이다.

　아는 것이 있어야 돈도 버는 것이지 알지도 못하면서 무 슨 돈을 벌겠는가 말이다.

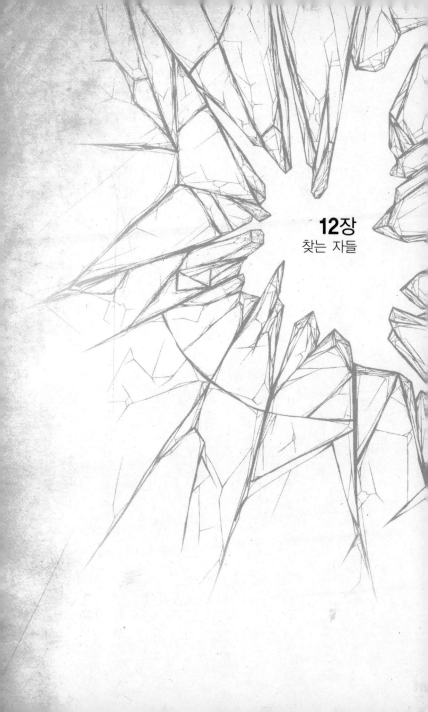

12장
찾는 자들

한편, 불가사리파를 공격했던 세기파의 조력자인 일본인은 지금 부산에 있었다.

"스즈끼, 도대체 무슨 일을 이따위로 하고 다니는가?"

"저희가 조사해 보니 이번 일에는 괴물 같은 놈이 개입을 하여 역으로 당했다고 합니다."

"괴물 같은 놈이라니? 그게 무슨 소리인가?"

"저도 아직 확인을 하지는 못했지만 정보에 의하면 놈의 실력이 엄청나서 세기파와 지원군을 모조리 병신으로 만들었다고 합니다."

"아니, 그런 놈이 있다는 사실도 모르고 세기파를 지원한 것인가?"

이들은 한국에 유령 조직을 만들어 두고 자신들과 연결된 조직을 지원하여 상대 조직을 무너뜨리려고 하였다.

이번 공격도 상당한 자금과 인원이 투입되었는데 결국은 실패하고 말았다.

"저도 불가사리파에 대한 조사는 하였지만 그런 괴물이 있다는 정보는 듣지 못했습니다. 죄송합니다."

"이 문제는 죄송하다고 해서 해결이 되는 문제가 아니지 않나? 이미 본부에서는 결과를 기다리고 있는데 이제 어떻게 보고를 하겠는가 말이다!"

그 말에 스즈끼는 얼굴이 사색이 되었다.

"조장님, 이번 한 번만 도와주십시오. 반드시 은혜를 잊지 않겠습니다."

이들은 정도에 따라 다르긴 했지만 실패하였을 때의 대가는 담당자의 목숨이었다.

물론 작전의 성공을 위해 전권을 주고 있었고 말이다.

전권을 가지고 있기에 상당한 자금을 집행할 수가 있어 편하게 일을 할 수는 있지만, 문제는 사고가 발생하면 자신의 목숨도 위험했기에 최대한 실수하지 않게 조심스럽게 일을 처리할 수밖에 없었다.

"내가 본부에 좋게 건의는 해보겠지만 이번에 입은 피해가 상당해서 어찌 될지는 나도 장담하지 못하네."

"조장님이 도움을 주시면 평생을 충성하며 살겠습니다."

스즈끼는 조장의 앞에 무릎을 꿇었다.

그런 스즈끼를 보는 조장의 눈빛은 아주 야비하게 빛나고 있었다.

이들은 상하 계급은 있지만 결국은 각자가 모든 일을 처리하기 때문에 경쟁 상대였다.

"본부에는 내가 알아서 보고할 것이니 우선은 불가사리파가 세기파를 어떻게 흡수했는지에 대한 정확한 정보를 모아야 할 것이다."

"알겠습니다. 최대한 정보를 모으겠습니다."

"좋아, 앞으로도 항상 그렇게 하도록. 알겠나?"

"예, 조장님."

대답을 하는 스즈끼는 고개를 숙이고 있었지만 그 입술을 강하게 깨물고 있었다.

자신을 방해한 놈이 누구인지는 모르지만 이런 굴욕을 당하게 한 놈에게 반드시 복수하겠다는 생각을 가지게 만들었다.

'이놈! 내가 무슨 일이 있어도 반드시 내가 겪은 굴욕감을 너에게 주고 말 것이다.'

지혁은 이렇게 이들과 은원 관계를 가지게 되었다.

스즈끼는 보고를 마치고 나서는 지혁에 대한 정보를 모으기 위해 최대한 노력하고 있었다.

"아니, 이 정보에 의하면 그놈의 일격에 모두 병신이 되었다는 말인가?"

스즈끼는 정보를 모으면서 상대가 얼마나 공포스러운 존재인지를 느끼게 되었다.

그런 놈이 정말로 존재한다면 자신이 아무리 노력을 해도 상대가 되지 않을 것이라는 생각이 들어서였다.

"내가 직접 가서 확인해 봐야겠다."

이렇게 스즈끼가 지혁이 있는 곳으로 직접 움직이게 되었다.

지혁은 그런 사실도 모르고 오늘도 수련을 하고 있었다.

쉬이익!

빠각!

"휴우, 이제 조금 속도를 조절할 수가 있게 되었네."

그 당시에 힘은 어느 정도 조절을 하였지만 속도는 조절할 수가 없었기에 남들이 보기에 엄청나게 빠르게 상대를 공격하는 것으로 보였던 것이다.

지혁은 그동안 빠른 것이 최고라고 생각했지만, 몇 번 싸워보며 그것도 아니라는 것을 느꼈다. 그 뒤 적당한 수준으로 속도를 조절하는 연습을 해왔고, 오늘에야 어느 정도 속도를 조절할 수 있게 되었다.

"남에게 너무 이상하게 보이는 것도 좋은 일만 있는 것은 아니니 최대한 나에 대한 것을 숨겨야 한다."

자신이 비인간적으로 강한 것은 사실이었지만 그렇다고 자신의 모든 것을 보여주지는 않고 있었다.

저번 전쟁에서 보여준 무력도 지혁은 절반의 실력을 감추고 있었는데도 그렇게 강하게 보였던 것이다.

쉬이익!

"아직도 조금 빠른 것 같으니 조금 더 느리게 할 수 있게 해보자."

지혁은 사무실에 따로 마련한 수련실에서 개인 연습을 하고 있었다.

요즘은 거의 매일 수련을 하며 몸을 확인하고 있었다.

특히 명상에 많은 시간을 쏟고 있었는데, 이는 명상을 할수록 정신이 강해지고 있어서였다.

정신이 강해지니 마음도 굳건하게 되어 지혁에게는 아주 좋은 일이었다.

명상을 하면서 화를 내는 일을 줄이게 되었기 때문이다.

힘 조절도 점점 능숙해졌다.

불가사리파에서는 지혁에 대한 말은 금지어로 정해져 있었다.

그런데 그런 지혁에 대해 묻는 사람이 생겼다는 보고를 받자 한채욱은 이상하다는 생각이 들었다.

"조사하고 다니는 놈이 누구인지 알아냈냐?"

"심부름센터에 근무하는 놈이었습니다. 형님."

"왜 그 친구에 대해 알아보려고 하는 걸까?"

"혹시 세기파를 지원한 놈이 시킨 일이 아닐까요?"

한채욱은 충분히 일리가 있다는 생각이 들었다.

만약에 세기파를 지원한 놈이라면 그 이유를 알고 싶을 것이라는 생각이 들었다.

"조직원들에게 다시 지시를 내려서 그 친구에 대한 말은 절대 하지 말라고 해라. 그리고 은밀하게 그 친구를 조사하는 놈들을 잡아 들여라."

"예, 그렇게 하겠습니다. 형님."

한채욱은 지시를 하고도 불안한지 바로 필용을 불렀다.

필용은 갑자기 걸려온 전화를 받았다.

요즘은 조직에서 자신에게 전화를 거는 사람이 없었는데, 보스가 직접 전화를 하니 무슨 일이 생겼는지 긴장되기도 했다.

"여보세요. 필용입니다. 형님."

—너, 지금 바로 좀 와야겠다.

"알겠습니다. 바로 가겠습니다."

필용은 무슨 일인지도 묻지 않고 바로 대답했다.

한채욱이 부른 이유가 있을 것이라고 생각이 들어서였
다.

도착한 필용은 한채욱 앞에 앉았다.

"요즘 이상한 이야기가 들려서 그러는데, 그 친구는 어떻
게 지내고 있냐?"

"지혁이는 요즘 수련만 하고 있습니다. 그런데 소문이라
는 것이 무엇입니까?"

"누군가 우리 조직에 접근해서 그 친구에 대한 조사를 하
고 있다고 한다. 한 놈은 알아보니 심부름센터의 직원이라
고 하는데 아무래도 누군가가 의뢰한 모양이다."

심부름센터에서 조사를 한다는 말에 필용의 눈빛이 날카
롭게 변했다.

"지혁에 대한 조사를 한다고 하니 이번 사건과 관련이 있
는 것 같습니다, 형님."

"그래, 나도 같은 생각이다. 그러니 너는 그 친구의 주변
에 그런 놈이 있는지를 잘 보고 만약에 있으면 바로 잡아들
여야 한다."

"알겠습니다. 형님."

"그만 가봐라."

한채욱이 걱정하는 것은 지혁에 대한 조사가 아니라 그 뒤에 있다는 배후 때문이었다.

만약에 그자가 지혁에 엄청난 자금을 주면서 불가사리파를 무너지게 해달라는 부탁을 하면 솔직히 자신의 조직은 망할 수밖에 없는 일이었다.

지혁이 쳐들어오면 그를 막을 수 있는 존재가 없어서였다.

"그런 일이 생기지는 않겠지만 이거 은근히 신경이 쓰이네."

*　　*　　*

한채욱의 걱정처럼 스즈끼는 지혁에 대한 조사를 하고 있었고 이제는 어느 정도 자료가 모아지고 있었다.

스즈끼는 한곳에서 정보를 모으는 것이 아니라 상당히 많은 곳에 부탁을 하여 정보를 모으고 있었다.

물론 겹치는 것은 빼고 있었지만 그래도 이제는 어느 정도 충분한 자료가 만들어지고 있었다.

그래서 이제는 지혁을 어떻게 공략할지를 고민하고 있

었다.

"놈의 동생을 납치할까?"

수진이는 요즘 경호를 받고 있어서 납치를 하려면 상당한 실력자를 고용해야 했는데 한국에는 그런 실력자를 찾기가 쉽지 않았다.

"동생 말고는 놈의 약점을 찾을 수가 없으니 어떻게 하지?"

스즈끼는 먼저 행동을 하는 것이 좋았지만 자신의 힘으로는 상대가 되지 않았기에 고민하고 있었다.

그때 스즈끼의 핸드폰이 울렸다.

"예, 조장님."

─본부에서는 이번 실수를 한 번 눈감아주기로 했다. 하지만 두 번 다시는 실수가 없어야 하니 앞으로 나의 지시를 받아 움직여야 한다.

"조장님의 은혜, 충성으로 갚겠습니다."

스즈끼는 죽을 수도 있었지만 조장 덕분에 살게 되었기에 충성을 맹세하고 있었다.

─그래, 그런데 놈에 대한 정보는 어떻게 되었나?

"지금도 모으고 있습니다. 이제 거의 모았으니 바로 보고하겠습니다. 조장님."

─자료를 보고 판단하면 되니 우선 정보를 보내도록 해라.

"예, 바로 보내겠습니다. 조장님."

스즈끼는 어차피 혼자 상대할 수 있는 존재가 아니라고 판단했기에 바로 지혁에 대한 자료를 보내주었다.

조장은 스즈끼가 보내준 자료를 보면서 지혁에 대한 평가를 하고 있었다.

"이놈은 무술을 수련한 놈이다. 그렇지 않으면 이런 강함을 가질 수가 없을 것이다."

조장은 자신도 무술을 수련하고 있었기에 하는 생각이었다.

일반적으로 건달이라는 놈들은 타고난 주먹을 사용하는 인간들이었지만 무술가는 달랐다.

이들은 오랜 시간 타격기를 연습하기 때문에 그 일격 일격이 건달과는 다르게 엄청난 강함을 가지고 있었다.

그러니 놈들의 뼈가 박살이 난 것이고 말이다.

"진짜 무술가가 한국에도 있다는 말이지?"

조장은 지혁의 자료를 보며 입가에 스산한 미소를 지었다.

무술가라면 자신도 알고 있는 이들이 많았기에 충분히 상대할 수가 있을 것이라는 생각이 들었다.

강자를 상대해야 한다는 말만 해도 엄청난 무인을 모을 수가 있을 것이다.

무인이라고 하는 놈들은 정말 단순한 놈들이기 때문에 강자와의 결투에 목숨을 걸고 있는 이들이 많았다.

그런 이들은 살짝 정보만 흘려도 한국으로 몰려들 것이기 때문에 조장은 지혁을 상대할 자신이 있었다.

"우선은 실력을 확인해야 하니 살짝 간을 보는 것도 좋겠군."

조장은 그렇게 생각을 마무리하고 바로 어디론가 전화를 걸었다.

불가사리파에서는 요즘 이상한 놈들에 대한 검거령이 떨어져 있었기에 심부름센터에서 일하는 놈들이 대거 잡혀들고 있었다.

"아니, 내가 무슨 잘못을 했다고 잡아가는 거야?"

"이 새끼가 죽고 싶어 환장을 했나? 어디서 큰소리야?"

괜히 조직이 아니었다.

놈들이 반항하려고 하면 주먹으로 기절시켜서라도 잡아가고 있었다.

한채욱은 그렇게 잡혀온 놈들에 대한 고문을 지시하였고 놈들은 모든 사실을 모두 불게 되었다.

"형님, 이놈들에게 조사를 하라고 지시한 놈이 일본인 같다고 합니다. 한국말이 어딘가 어색하다는 말을 들었습니다."

"확실하네. 그러면 놈이 어딘가에 있다는 말인데… 우선
잡아들인 놈들은 모두 풀어주고 은밀하게 조사하여 그 일
본인을 잡아 들여라. 놈이 놀라서 도망을 가면 곤란하니 말
이다."

"그런데 며칠 동안 대놓고 놈들을 잡아 들였는데 눈치를
채지 못했을까요?"

"음, 그럴 수도 있겠다. 하지만 그렇다고 그냥 있을 수는
없으니 은밀하게 조사해 봐라. 보이면 바로 잡아오면 되니
말이다."

"예, 알겠습니다. 형님."

스즈끼는 심부름센터를 고용하여 지혁에 대한 조사를 하
였지만 결국 불가사리파에게 걸리게 되었다.

하지만 다행이도 스즈끼가 직접 움직인 것은 아니었기에
걸려들지는 않았다.

매일 연락이 와야 하는데 일부의 인물들에게 연락이 없
자 스즈끼는 신변의 위험을 느끼게 되었다.

"놈들에게 걸린 것 같으니 우선은 몸을 피하고 보자."

스즈끼는 그렇게 이상한 느낌에 바로 몸을 뺐다.

덕분에 살았다는 것을 모르고 말이다.

사람이 본능적으로 위험을 감지하고 있지만 그것을 잘 모르고 넘어가는 경우가 종종 있었다.

그런데 스즈끼는 그런 본능의 예감을 거의 백 프로 믿고 있어서인지 그런 위험이 생기면 스스로 먼저 자리를 피했기에 지금까지 살아남은 것이었다.

* * *

스즈끼가 사라지고 불가사리파는 조사를 멈추게 되었다.

아무리 찾아도 나오지를 않으니 방법이 없었다.

"지혁아, 우리 조직이 너에 대한 조사를 하고 다니던 놈들을 찾았는데 그들에게 지시를 내렸던 놈은 사라졌는지 찾을 수가 없었다."

필용은 오늘도 와서 정보를 알려주고 있었다.

"나의 정보를 원한다는 말이지?"

"그래, 너에 대한 정보를 모으고 있었어, 아마도 세기파의 배후에 있던 일본인 같았다."

필용은 일본인이 지금 누구를 건드리려고 하는지를 알기에 속이지 않고 모든 이야기를 해주었다.

지혁이 얼마나 강한지를 알기에 걱정도 되지 않았다.

"그런데 심부름센터를 이용해서 내 정보를 조사했다는

말이 사실이야?"

"응, 사실이야."

"놈에 대한 흔적은 없고?"

"그냥 일본인이라는 것만 알아냈다."

지혁은 일본인이 자신의 정보를 모으고 있다는 사실에 그리 좋은 기분은 아니었다.

이상하게도 자신은 일본인과 접촉이 많았다. 전생에 저들과 무슨 원한 관계라도 있었을 거라는 생각이 들었다.

"우선은 상황을 더 보자. 이미 사라진 놈을 찾을 방법도 없으니 말이다. 대신 동생에 대한 경호를 조금 더 철저하게 해주었으면 좋겠다."

지혁도 이미 사라진 놈을 찾을 수가 없다는 사실이 마음에 걸렸지만 방법이 없다는 말에 바로 포기를 했다.

"수진이는 걱정하지 않아도 될 거야. 조직에서 확실하게 보호를 하고 있으니 말이야."

수진이 가지고 다니는 핸드폰에는 단축키만 누르면 바로 연락이 오게 해놓았다.

경호원이 보호를 하지만 그래도 사람의 일은 모르기 때문에 사전에 준비해 둔 것이다.

경호원들로 감당하지 못할 경우가 생기더라도 연락할 시간은 벌 수 있을 것이기 때문이다.

"나중에 다른 정보가 들어오면 바로 연락해 줘야 한다. 그때는 내가 직접 조사를 해볼게."

"그렇게 해줄게."

필용은 그렇게 대화를 마치고 돌아갔고 지혁은 다시 수련을 하였다.

요즘은 지혁도 필사적으로 수련을 하고 있었는데 강력한 힘을 완전하게 숙달시키기 위해서였다.

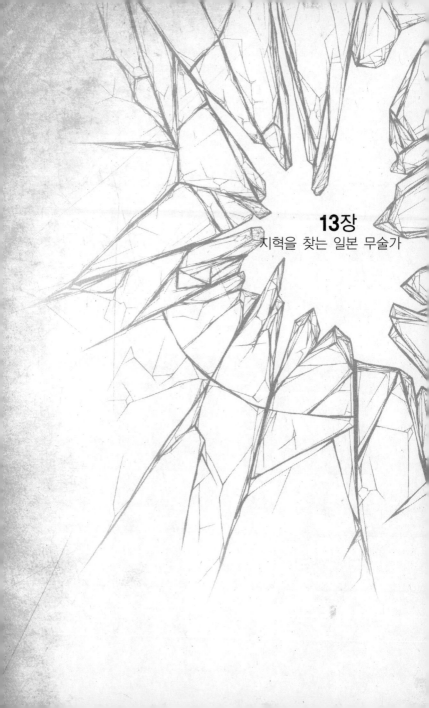

13장
지혁을 찾는 일본 무술가

일본의 어느 공항.

조장의 연락을 받은 일본의 무인 몇 명이 한국행 비행기에 몸을 싣고 있었다.

"강자가 한국에 있다는 말이지… 그러면 가야겠지."

이들은 바로 무예에 미친 이들로 강자만 있다면 세계 어느 곳이든 갈 준비가 되어 있었다.

스스로 무인이라 불리는 것을 좋아하고 무예에 미친 인간들이었다.

그렇다고 이들이 내공을 가지고 있지는 않았다.

고도의 수련으로 인해 내기는 없지만 지혁과 같이 힘을 압축하는 방식은 알고 있었기에 강자라는 소리를 들을 정도는 되었다.

"선배님은 한국에 가면 그자를 찾아가실 생각이십니까?"

"그러기 위해 비행기를 타고 있는 것이 아닌가?"

가장 나이가 많아 보이는 장년의 남자가 입을 열어 대답했다.

일본의 무인은 모두 네 명이었는데 삼십 대 중반의 남자가 가장 연장자로 보였다.

이들 중에 두 명은 검술을 익혔는데 비행기에는 검을 가지고 탈 수가 없어 빈손이었다. 검은 추후 비밀리에 한국으로 가지고 오기로 약속이 되어 있었다.

"그런데 한국에 정말로 강한 무인이 있을까요?"

"한국이라는 나라는 과거에도 강한 무인이 많았던 나라라고 들었네. 과거에도 우리 일본의 무인들이 한국의 무인과 많은 대련을 하였지만 번번이 패하곤 해서 동방의 신비한 나라라는 말까지 들었다고 하네."

선배라고 하는 장년의 남자는 한국에 대해 긍정적인 생각을 가지고 있는 것 같았다.

하지만 다른 이들은 한국이라는 나라를 장년인의 생각과는 다르게 생각하고 있는 것 같았다.

선배라는 남자의 말에 바로 얼굴색이 달라지는 것을 보면 말이다.

세 명의 남자는 한국을 그저 그런 나라라고 생각하는지 그 말에 노골적으로 불쾌한 표정을 지었다.

"선배님. 아무리 그래도 한국은 우리의 식민지였던 곳인데 그렇게 이야기하지 않아도 되지 않습니까?"

비행기에 다른 한국인들이 타고 있을 수도 있어서인지 차분하고 조용한 음성으로 말을 하고 있었다.

이런 발언은 잘못하면 국제적인 문제가 될 수도 있다는 사실을 이들도 알고 있었다.

최대한 낮은 음성으로 하는 대화였기에 주변에 있는 이들도 듣지 못할 정도였다.

"나도 과거 한국의 식민지였다는 사실을 모르는 것이 아니지만 한국의 무인들이 강했다는 것을 부정하지도 않는다네. 저들이 익히고 있는 무예는 대부분이 일인전승이라는 단점이 있지만 그만큼 강한 것도 사실이었네. 나의 스승님이 직접 하신 말씀이시니 말이야."

중년의 남자는 스승이라는 말을 하면서 무언가 아련한 슬픔이 어린 얼굴을 하고 있었다.

스승이라는 말을 하자 듣고 있던 세 명의 남자들도 흠칫하는 표정이었다.

아마도 남자의 스승은 일본의 무인들에게도 상당한 영향력을 남기고 있는 존재인 모양이었다.

"아무리 선배님의 스승님이신 아세이 님의 말이라고 해도 저는 솔직히 믿을 수가 없습니다. 우리 일본의 무인들이 한국의 무인들 보다 약하다는 것은 절대로 있을 수가 없는 일입니다."

한 명의 남자가 그렇게 발언을 하자 남은 두 명의 남자도 공감하는 얼굴을 하며 고개를 끄덕였다.

"나도 일본의 무인이기 때문에 일본의 무인을 비하하고 싶은 생각이 없지만, 그렇다고 그런 생각을 가지고 있는 것은 좋지 않다고 생각하네. 무인이라면 출신을 배제하고 오로지 순수한 실력의 강함을 따져야 한다고 생각하네. 편견을 가지고 있으면 결국 자신의 실력을 객관적으로 볼 수가 없을 것이네."

장년 남자의 이름은 가와자였고 일본의 유서 깊은 검술인 일도류를 익히고 있는 정통 계승자였다.

이름난 검술의 정통 계승자로서 상당한 명성을 가지고 있는 가와자는 항상 강자와의 대련에 목이 말라 있었다.

이번 한국행도 강자라는 말에 바로 가게 되었지만 그의 눈에는 허무함이 가득했다.

강자라고 해서 가보면 그렇지 않은 경우가 상당수 있어

서였다.

가와자의 말에 권법을 익히고 있던 이치가와는 불만이 가득한 얼굴을 하였지만 감히 가와자에게 대들지는 못했다.

이들도 실력이 있기는 하지만 가와자의 실력과는 비교가 되지 않았다.

그만큼 가와자는 오랜 시간 명성을 쌓고 있는 인물이었고 그 실력도 알려진 것보다 더욱 강하다고 소문이 나 있는 인물이기도 해서 감히 이들이 그런 가와자에게 불만을 토설할 수는 없는 위치였다.

"선배님의 말씀 감명 깊게 들었지만 솔직히 아직도 저는 한국의 무인이 일본의 무인보다 강하다는 사실은 믿을 수가 없습니다. 이번에 가서 직접 강자라는 인물을 만나보고 나서 저의 생각을 정리하고 싶습니다."

완벽하게 납득하지는 못한 표정과 어투였지만 그래도 자신의 말을 어느 정도는 받아들이고 있다는 것에 가와자는 후배를 보면서 말했다.

"그런 태도로 매사에 임한다면 앞으로 많은 발전이 있을 것이네. 편견을 버리고 항상 새로움을 추구한다면 어떠한 변화에도 흔들리지 않을 수가 있으니… 그 마음 변치 않기를 바라네."

가와자는 그 말을 끝으로 입을 다물어 버렸다.

일본의 무인들은 조장의 계획대로 한국으로 왔지만 바로 지혁에게 안내되지는 않았다.

이들이 사용할 검이 아직 도착하지 않아서였다.

이들의 검은 밀수선을 타고 운반되었기에 시간을 맞추지 못한 것이다. 무인들도 그런 사정을 충분히 이해했기에 기다려 주고 있었다.

*   *   *

지혁은 갑자기 자신에게 걸려온 한 통의 문자를 보고는 고민하는 얼굴이 되었다.

"갑자기 일본의 무인이라고 하면서 대련을 하고 싶다는 문자를 어떻게 생각해야 하는 거야?"

자신이 그냥 거절을 해도 상관은 없지만 문자의 내용이 마음에 걸려 그러지도 못하고 있었다.

문자에 적혀 있는 '한국의 무인이 강하다고 하는데 이번에 확실하게 실력을 겨루어 누가 더 강한지를 보여주겠다' 라는 내용 때문이었다.

자신은 한국의 전통 무예를 익히기도 했지만 중국의 무예도 익히고 있었다.

인터넷으로 습득한 자신의 무술이 어디까지 통하는지 확인하고자 하는 마음이 있었다.

그리고 자신이 무인이라는 사실을 저들은 어떻게 알아내고 대련을 청해온 것인지도 알고 싶었다. 세기파와의 사건 때문에 알려졌을 거라 짐작은 하지만 말이다.

"대충 세기파의 배후에 있는 놈이라는 생각은 들지만 확실하게 알기 위해선 저들을 만나는 것이 좋겠다. 가서 한국인이 얼마나 강한지를 직접 알려주는 것도 나쁘지 않고 말이지."

그렇게 중얼거리는 지혁의 눈빛은 아주 차갑게 변해가고 있었다.

지혁은 자신의 몸을 실험체로 사용한 일본인을 아주 싫어했다.

그런데 지난번 조직 간의 일도 일본인이 배후에 있다는 사실을 알게 되고 나서부터는 더욱 일본인을 싫어하고 있었다.

놈들은 마치 한국을 자신들의 놀이터로 생각하고 있는지 툭하면 한국에서 음모를 꾸몄다. 그 사실이 지혁의 마음에 들지 않았다.

지혁이 대련을 수락한다는 문자를 보냈다. 장소는 저들에게 위임했다.

이번 음모는 지혁의 실력이 얼마나 되는지를 알고 싶다는 조장의 호기심 때문에 일어난 일이었지만, 이번 대련으로 인해 일본의 무인들이 상당한 수치를 경험하게 되리라.

대련을 수락한다는 글이 도착하자 조장은 가장 은밀한 장소를 대련 장소로 골랐다.

돈이 많으면 그런 장소를 구하는 일은 그리 어려운 일이 아니었기에 바로 장소를 수배할 수 있었다.

지혁도 저들이 보낸 장소를 보고는 그리 멀지 않은 곳이라 바로 출발을 하게 되었다.

"그래도 산이 있는 곳이라 시끄럽지는 않겠네. 자신들도 대련이라고는 하지만 일반인들에게 피해를 주고 싶지는 않은 모양이네."

지혁의 생각대로 이번 대련 장소는 가와자의 말로 인해 정해진 곳이었다.

가와자는 강자와의 대련을 원하지만 공개적인 곳이 아닌 조용한 곳에서 은밀하게 하였으면 해서 그런 장소를 물색한 것이다.

대련장에는 일본의 무인들이 이미 도착하여 조용히 명상을 하고 있었다.

도착한 지혁은 대련장으로 천천히 걸어가면서 주변을 살

피고 있었다. 혹여나 함정이 아닐까 경계한 것이다.

"주변에는 아무도 없는 것 같은데… 안에 있는 모양이네."

지혁은 명상을 하면서 주변의 기에 민감하게 되었는지 작은 인기척이라도 바로 감지할 수 있었다. 아무리 잘 숨어 있다 해도 지혁 앞에서는 소용없는 짓이었다.

문을 열고 안으로 들어가니 안에는 네 명의 남자가 앉아서 명상을 하는 모습이 보였다. 명상을 하는 남자들 말고도 두 명의 남자가 더 있었는데, 그들은 명상을 하는 남자들의 뒤에 서서 마치 경호를 하는 것처럼 보였다.

'저들이 나와 대련을 하겠다는 자들이군.'

네 명의 남자를 보는 순간 지혁은 짜릿한 흥분을 느끼게 되었다.

그동안 일반인들과 실전 경험을 가지게 되었지만 일반인은 사실 지혁에게는 힘 조절 하는 것 말고는 도움을 주지 못했다.

"내가 한국의 정지혁입니다. 어느 분이 저에게 가르침을 주실 생각이십니까?"

지혁은 오늘 대련을 한다고 하여 가벼운 옷차림으로 직접 운전을 하고 왔다.

지혁은 검을 사용할 수도 있지만 검을 가지고 오지는 않왔고 경호원들이 사용하는 특수한 금속으로 제작을 한 삼단봉을 무기로 가지고 왔다.

지혁의 음성이 들리자 네 명의 일본인은 눈을 뜨고 지혁을 보게 되었다.

네 명의 일본인은 자리에서 일어섰고 이들을 경호하던 두 명의 인물이 지혁의 말을 통역해 주고 있었다.

이제 보니 경호원이 아닌 통역을 하는 이들이었다.

"나는 일본의 무인인 요시무라입니다. 당신이 강자라는 말을 듣고 한국으로 오게 되었고 오늘 당신과 대련을 가지기 위해 이 자리에 섰습니다. 저의 무기는 검이고 실전을 경험하고 싶어 오게 되었습니다. 저에게 좋은 경험을 주었으면 감사하겠습니다."

약간은 건방진 말을 하고 있지만 그 눈빛에는 나쁜 기운이 있는 것 같지는 않았다.

지혁은 일본의 검술을 알지는 못하지만 오랜 전쟁으로 실전검술이 발달했다는 이야기는 들었기에 최대한 조심하면서 상대해야겠다는 생각이 들었다.

"아까도 소개를 하였지만 한국의 무인인 정지혁이라고 합니다. 검술은 알지만 한국에는 검을 가지고 다닐 수가 없어 이렇게 다른 무기를 가지고 왔습니다. 저는 검술과 무예를 익히고 있습니다."

서로 간의 인사는 통역들이 실시간으로 이야기를 해주고 있어 크게 어렵지는 않았다.

지혁이 오늘 이들과 대련을 수락한 이유는 이들의 배후가 궁금해서였다.

과연 일개 조직인지 아니면 그 보다 더욱 큰 조직이 있는지를 확실하게 알고 싶어서였다.

요시무라는 자신의 검을 빼서 지혁을 보았는데 하나의 허점도 찾을 수 없을 정도로 날카롭게 변해 있었다.

'음, 저게 진짜 무인이라는 말인가? 대단하기는 하네. 오랜 시간을 저렇게 수련만 하였으니… 상대의 실력이 강할 수도 있으니 조심해서 상대해야겠다. 검에는 눈이 없으니 말이다.'

지혁은 그렇게 속으로 생각하며 자신의 무기인 삼단봉을 들었다.

요시무라는 중단세를 취했고 지혁은 하단세를 취하는 자세였지만 확실한 하단세가 아닌 묘한 자세였다.

지혁은 지금 모든 기운을 삼단봉에 집중하고 있었다.

눈에 보이지는 않지만 지혁의 봉은 묘한 일렁임을 보이고 있었다.

이런 형상은 과거의 무인들이 가졌던 내공이 있어야 가능한 일이었다.

지혁이 지금 그런 현상을 보이고 있지만 의식적인 것은 아니었다. 아무도, 심지어 본인조차 알지 못하고 있었다.

단지 가와자는 지혁의 모습을 보며 무언가 있다는 이상한 느낌을 강하게 받기는 했지만 말이다.

"갑니다. 타앗!"

요시무라는 일갈을 하면서 공격을 시작하였다.

지혁은 상대의 검이 자신의 머리를 향해 오는 것을 보고는 들고 있는 삼단봉을 강하고 빠르게 상대의 검을 향해 휘둘렀다.

챙챙챙!

지혁과 검을 부딪친 요시무라는 상대의 강한 힘을 느끼게 되었는데 일본의 어떤 무인과도 비교가 되지 않는 강한 힘이라는 것을 알았다.

검에서 울리는 진동에 손목과 팔까지 울리니 자신의 실력을 모두 보여주기 전에 패배할 것 같다는 생각이 들었다.

'저 사람은 강자다. 나는 약자이니 최대한 나의 실력을 보여주어야 한다. 설사 패배를 해도 부끄럽지 않은 무인임을 보여주자.'

요시무라는 그렇게 생각을 하고는 최선을 다해 자신의 검술을 사용하게 되었다.

그런 요시무라의 의도는 지혁에게도 전달되었고 지혁도

상대가 최선을 다하는 모습에 자신도 최선을 다하기로 마음을 먹었다.

물론 지혁의 최선은 절반의 최선이었지만 말이다.

지혁은 항상 자신의 반을 숨기기로 하였기에 지금 대련도 자신의 절반에 가까운 실력을 감추고 있었다.

아직 자신의 몸을 실험물로 삼았던 놈들의 정체와 힘을 확인하지도 못했는데 모든 것을 보일 수는 없었다.

누군가 자신을 감시하고 있을지도 모르고 말이다. 기척을 느끼는 감각이 발달했다지만, 세상에는 기상천외한 방법이 많았다.

챙챙챙!

쨍그랑!

지혁이 조금 강하게 공격을 하자 요시무라는 급하게 지혁의 공격을 방어하였지만 그만 검이 부러지고 말았다.

"으윽! 내가 졌습니다."

요시무라는 검이 부러지면서 몸을 비틀거렸다. 검으로 충격을 흡수하려고 하였지만 이번 공격에 담긴 강한 힘을 버티지 못한 것이다.

"당신은 비록 패배하였지만 충분히 무인이라고 할 수 있는 자격을 가지고 있는 사람이오. 그런 정신이라면 언제든지 나에게 도전을 하시오. 그대라면 얼마든지 대련을 해줄 수 있으니 말이오."

지혁도 이번 대련으로 인해 얻은 것이 많았는데 바로 실전경험보다 더욱 값진 무인과의 대련 방법을 알게 되었다.

그리고 이번 대련을 하면서 정신 집중이 얼마나 도움이 되는지도 크게 깨달으면서 자신의 기운이 흔히 말하는 내공이라는 것을 알게 되었다.

몸에 있는 기운을 아직은 자신이 모두 통제할 수는 없었지만 일부분은 자신이 정신을 집중하면 모인다는 사실을 이번에 요시무라와 대련을 하면서 알게 되었다.

"그렇게 말씀해 주시니 감사합니다. 저도 이번 대련으로 정말 많은 것을 배우게 되었습니다."

요시무라는 지혁이 언제든지 대련을 해주겠다는 말에 진심으로 감사하고 있었다.

요시무라가 물러서자 이번에는 검이 아닌 주먹을 쥐고 있는 인물이 나섰다.

"나는 일본의 권법을 익히고 있는 이치가와라고 한다. 그대의 실력을 보고 싶어서 왔다."

일본어로 말했기에 반말인지 존댓말인지 모르지만 하는 행동을 보니 싸가지가 없는 놈이라는 것은 금방 알 수 있었다.

통역을 해주는 인물이 좋게 말해주기는 하지만 뉘앙스라

는 것이 있었다. 그리고 짧은 순간이지만 지혁은 이들의 말을 들으면서 일본어를 조금씩 배우고 있는 중이었다.

그만큼 지혁의 머리는 계속해서 발전하고 있다는 이야기였다.

그런 지혁이 완전히 발전한다면 과연 어떻게 변해 있을지, 심히 궁금한 일이었다.

"나의 소개는 이미 하였으니 그만 하기로 하고 바로 대련을 하였으면 한다."

지혁도 삼단봉을 접어 자리에 두고 상대와 같은 주먹으로 상대를 해주려고 하였다.

지혁도 솔직히 삼단봉보다는 주먹이 편하기도 했고 말이다.

이치가와는 지혁의 대답을 듣고는 얼굴색이 좋지 않아 보였는데 자신을 무시하고 있다는 생각이 들어서였다.

검사로 보이는 자가 주먹을 들고 덤비니 그렇게 생각할 수밖에 없었다.

이치가와는 최대한 주먹을 강하게 쥐며 지혁을 공격하였다.

휘이익!

날카로운 파공성을 내면서 이치가와의 공격이 시작되었다.

팍팍!

이치가와의 공격을 묵묵히 방어하는 지혁이었다.

지혁은 무술을 익힌 이들과는 처음으로 하는 대련이었지만 이미 실전을 경험해서인지 그리 어렵지 않게 상대를 할 수 있었다.

이치가와는 자신의 공격을 방어하는 것에 화가 났는지 더욱 공격 속도를 높이고 있었다.

이는 지혁에게 마치 성난 코뿔소를 보는 것 같은 느낌을 주었다.

'이치가와가 너무 흥분을 하고 있으니 힘들겠다.'

가와자는 이치가와의 대련을 보며 지금 상대에게는 여유가 있지만 이치가와는 그렇지 않다는 것을 느낄 수 있었다.

저 한국의 고수가 지금 이치가와를 상대하면서 봐주고 있는 것이다.

'저 사람은 대단한 실력을 가지고 있는 무인이지만 이상하게 어딘가 어색하다는 느낌을 주고 있다. 이유가 무엇일까?'

가와자는 오랜 시간을 무예에 미쳐 있는 인물이기에 상대의 실력을 어느 정도는 볼 수가 있었는데 지혁에 대해서는 아직도 확실한 판단을 내리지 못하고 있었다.

그만큼 지혁의 실력이 강하기도 했지만 어딘가 어색한

부분들이 눈에 보였기 때문이다.

가와자의 판단처럼 아직은 지혁이 익힌 무예가 몸에 익숙하지 못해서 일어나는 현상이었다.

그들은 오랜 시간을 배우며 수련하였지만 지혁은 혼자서 수련을 하였고 그 동작도 혼자 고치고 있어서 어딘지 모르게 어색함을 보여주고 있었다.

가장 중요한 것은 이들은 최소 이십 년 정도는 수련하였지만 지혁은 이제 겨우 일 년 정도의 시간밖에는 되지 않는다는 것이다.

일 년을 수련하여 이런 실력을 가지고 있으니 앞으로 시간이 지나면 얼마나 강해질지는 아무도 모르는 일이었다.

"죽여 버리겠다, 이놈!"

이치가와는 자신의 모든 공격을 여유 있게 막는 지혁에게 지금 몹시 흥분을 하고 있었고 결국 살초를 사용하고 말았다.

"헉! 저런 살초를 사용하다니?"

대련에서는 절대 사용해서는 안 되는 것 중에 하나가 바로 살초를 전개하는 것인데, 지금 이치가와는 흥분을 하는 바람에 살초를 사용하고 있었다.

지혁은 갑자기 상대의 공격이 달라져서 조금 놀라기는 했지만 상대의 공격이 눈에 보이기 때문에 어렵지 않게 대처할 수 있었다.

'저런 공격은 일격에 상대를 죽이려는 동작인 것 같은데… 나를 죽이려 한다면 너도 그만한 벌을 받아야 할 것이다.'

지혁이 이치가와의 기술을 보고 갑자기 얼굴이 변하자, 가와자는 상대도 살초를 준비하는 것으로 오해하게 되었다.

'저 미친놈이 일본 무인 전체를 망신당하게 하는구나.'

"아니, 저런 짓을 하는 인간이 어떻게 무인이 된 거야?"

지혁과 가장 먼저 대련을 한 요시무라는 살초를 전개하는 이치가와를 보며 화가 나 소리쳤다.

이런 일은 절대로 일어나서는 안 되는 불문율과 같은 일이었다.

"휴우… 요시무라, 자네는 이번 대련에 대해 확실하게 공증인이 되어야 하네. 이번 대련으로 설사 이치가와가 죽게 되어도 저 사람은 정당했다는 것을 말해 주어야 하네."

"이치가와가 먼저 살초를 전개한 사실을 제가 무인들에게 알리겠습니다. 대련을 하면서 살초를 사용한다는 것은 절대로 있을 수가 없는 일입니다."

일본의 무인들은 대련 중에는 절대적으로 살초를 사용하지 않았지만 생명을 걸고 하는 대결에는 살초를 전개해도 문제가 되지 않았다.

즉, 상대를 죽이기 위해서는 자신도 죽을 각오를 하고 대결하라는 말이었다.

"이치가와는 지금 우리 일본의 무인 전체에게 망신을 주는 행동을 하고 있는 것이다. 나도 공증을 하도록 하겠네."

두 사람이 하는 말에 세이치는 반발심이 들었다. 그 자신도 살초를 사용한 것은 잘못된 행동이라고 생각하지만 조선인에게는 그렇게 해도 된다는 생각을 가지고 있었기에 지금 두 사람이 하는 말에 불만이 많았다.

단지 말만 하지 않을 뿐이었다.

이치가와의 공격을 보면서 지혁은 상당히 많은 것을 배울 수가 있었는데 그중에 가장 중요한 것이 바로 공수의 부드러움이었다.

상대는 공수를 할 때 부드럽게 이어지고 있었지만 자신은 아직 그렇게 되지 않는 것을 알고는 자신의 문제점이 무엇인지를 깨닫게 되었다.

'호오, 저렇게 하니 공격과 방어가 아주 효율적으로 할수가 있는 것이군.'

지혁은 지금 대련을 하면서 엄청난 발전을 하고 있는 중이었다.

비록 그 대련이 목숨을 걸고 하는 것이라고는 하지만 지혁에게는 엄청난 도움을 주는 연습일 뿐이었다.

이치가와는 지금 살초를 전개하면서도 상대에게 아무런 타격을 주지 못하자 더욱 화가 나 강하게 지혁을 몰아붙이고 있었다.

그런 이치가와를 보며 지혁은 상당히 많은 부분을 새롭게 깨닫게 되었지만 이제 더 이상은 이치가와에게 배울 것이 없다고 판단이 들자 바로 반격을 시작했다.

"이제부터는 조심하는 것이 좋을 것이다."

지혁은 차가운 음성으로 그렇게 말을 하면서 아까와는 비교가 되지 않은 빠른 속도로 이치가와를 공격하였다.

꽈꽈꽝!

빠각!

지혁의 강력한 공격력에 이치가와는 방어를 하였지만 방어를 한 팔이 부러지고 말았다.

"크윽! 감히 조센징이 나를 무너지게 할 수는 없는 일이다."

이치가와는 그렇게 외치며 쓰러지려는 몸을 간신히 유지하고 있었다.

그런 이치가와는 지금 완전히 이성을 잃고 있는 중이었다.

지혁은 그런 이치가와에게 보며 차가운 미소를 지으며

다가갔다.

주춤주춤.

이치가와는 말은 그렇게 하면서 두려운 눈빛을 보였다. 그는 지혁이 다가오자 뒤로 물러서고 말았다.

일본의 무인은 죽어도 좋으니 절대 후퇴를 하지 않는다는 정신을 가지게 하고 있었는데, 지금 이치가와가 보이는 모습은 절대로 무인의 모습이 아니었다.

"저런 자가 어떻게 무인이란 말인가?"

가와자는 이치가와를 보며 정말 창피해서 뭐라 말할 수가 없을 지경이었다.

상대의 공격에 밀려 뒤로 물러서는 것이 아니라 두려움을 극복하지 못해 물러서고 있는 것을 보고 있으니… 정말 창피해서 자리에 남아 있을 수가 없었다.

이는 요시무라도 마찬가지였는데 심지어 그는 고개조차 들지 못하고 있었다.

세이치 역시 이치가와가 하는 행동을 보며 한심하다는 눈빛으로 고개를 흔들고 있었다.

저런 행동은 누가 보아도 무인이라고 할 수가 없었기에 이 부분에서는 세이치도 마음에 들지 않는다는 표정을 짓고 있었다.

"자, 이제 우리도 마무리를 해야겠지."

지혁은 그렇게 말하고는 이치가와에게 다시 공격을 하려고 하였는데 지금까지와는 다르게 엄청난 파공성을 내고 있었다.

쫘르르릉!

쉬이익!

"아악! 살려줘."

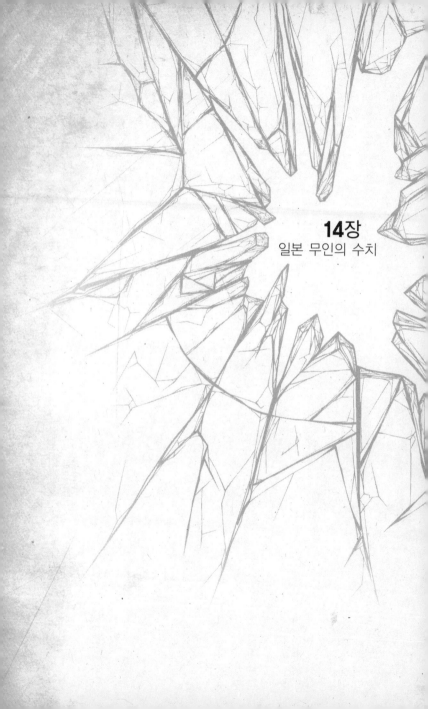

14장
일본 무인의 수치

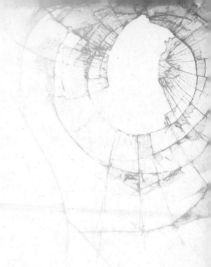

　지혁의 공격이 시작되자 이치가와는 이번에는 정말로 죽을 수도 있다는 생각이 강하게 들었기에 자신도 모르게 바지에 실례를 했고 그 자리에 주저앉으며 살려달라는 말을 하고 말았다.

　지혁은 자신의 공격을 회수하면서 눈앞에 있는 놈을 정말 한심하다는 눈빛으로 보았다.

　"이 새끼는 완전히 양아치 같은 놈이네. 너 같은 놈이 무슨 무인이라고 온 거야?"

　지혁도 무예를 수련하는 사람이기에 어느 정도까지는 참

을 수가 있었지만 지금 보이는 행동은 정말 눈 뜨고는 볼 수가 없었다.

그런 지혁의 말은 바로 통역이 되어 다른 무인들에게 들렸다.

지혁의 말을 듣고 난 무인들은 정말 창피해서 고개를 들 수가 없었고 얼굴이 붉어져 있었다.

"세이치, 이번 대련은 그만 두어야겠다. 이런 상태로는 도저히 대련을 할 수가 없을 것 같다."

"죄송합니다. 저도 이치가와가 저런 놈인지는 정말 몰랐습니다. 일본으로 돌아가면 무인 협회에 정식으로 제소하겠습니다. 선배님."

"그렇게 해야 할 것이네. 저런 놈 때문에 우리가 양아치라는 소리까지 들었으니 말이다."

이들도 양아치에 대한 이야기를 듣고는 분노를 하였지만 이치가와가 보여주는 행동은 지혁의 말 그대로 양아치와 같은 짓이었기에 말을 하지 못하고 있었다.

세이치도 한국인을 무시하고 있지만 그래도 무인이라는 자긍심은 가지고 있는 인물이었다.

적어도 무예를 익히고 있는 인물이라면 자신과 같은 자부심 정도는 가지고 있어야 한다는 것이 세이치의 지론이었다.

가와자는 일행의 앞으로 나서며 지혁을 보며 정중하게
사과를 하였다.

"우리 일행 중에 저런 자가 있었다는 사실을 모르고 대련
을 청했음을 진심으로 사죄드리겠습니다. 저자는 앞으로
절대로 무인이라고 할 수 없게 될 것이며, 저런 놈 때문에
다른 무인들까지 그렇다는 오해를 하지 않았으면 합니다."

정중한 가와자의 사과였다. 지혁은 그런 가와자를 보며
상당한 수련을 한 사람이라는 것을 느낄 수가 있었다.

그의 행동에는 절도가 있었고 품위가 있었다.

"저도 어지간하면 그런 말을 하고 싶지는 않았습니다. 하
지만 무인으로 와서 대련한다고 하면서 저런 행동을 하는
것을 보니 정말 화가 나서 저도 모르게 그런 말을 하게 되
었습니다. 그 점에 대해서는 저도 사과를 드리겠습니다."

"오늘은 당신의 실력을 보았으니 대련을 다음 기회로 미
루었으면 하는데, 어떠십니까?"

지혁은 이들이 이치가와라는 자 때문에 수치스럽게 생각
하고 있는 것을 알았다.

그런 마음을 가지고 있다면 지금 대련을 하는 것은 무의
미했다. 제 실력도 발휘하지 못할 것이고… 이 자리는 정리
할 필요가 있었다.

"좋습니다. 저는 한국에 있으니 언제든지 연락을 주시면

대련을 하도록 하겠습니다. 저와 대련을 하는 인물은 적어도 저기 요시무라와 같은 사람이었으면 좋겠군요."

지혁의 그 한마디에 요시무라는 진짜 무인이 되었지만 이치가와는 수치스러운 존재로 남게 되었다.

"당신의 인정을 받았으니 그 말에 책임질 수 있는 무인이 되도록 노력을 하겠습니다."

요시무라는 지혁이 자신을 인정해 주자 흐뭇한 미소를 지었다.

일본의 무인은 자신보다 강자가 인정해 주는 것을 최고의 덕목으로 생각하고 있어서였다.

대충 상황이 진정이 되자 가와자는 지혁을 보았다.

"그러면 오늘은 이만 헤어지도록 하지요. 다음에 다시 연락을 하여 시간을 내도록 하지요."

"그렇게 하세요."

지혁과 일본의 무인들은 그렇게 헤어지게 되었다.

그런데 이들이 대련을 하는 장면은 모두 녹화가 되어 조장에게 보내지고 있었다.

지혁의 실력을 보고 있던 조장은 지혁의 실력이 상당하다는 사실을 알게 되었기에 얼굴이 그리 좋지는 않았다.

"음, 놈이 저렇게 강자인지는 몰랐는데. 이거 골치 아프게 되었어. 어떻게 처리하는 것이 좋을까?"

조장은 지혁 때문에 이번에 상당한 피해를 입었기에 지혁을 제거 대상으로 생각하고 있었다. 그런데 막상 그의 실력을 보니 생각처럼 쉬운 일이 아니라는 것을 알게 되었다.

"이거 아무래도 놈을 제거하려면 본부의 지원을 받아야 할지도 모르겠는데 말이야."

이들이 속해 있는 본부에는 상당한 실력을 가지고 있는 이들이 다수 있었고 그들을 신풍조라고 부르고 있었다.

신풍조는 잔인하고 냉혹한 이들도 상당한 검술 실력을 가지고 있었고 일을 주면 상당히 잔인하게 처리했기에 상대에게는 공포의 대상이었다.

조장이 고민을 하고 있을 때 지혁은 수련장에서 지금 오늘 있었던 대련에 대해 복기를 하고 있었다.

"내가 생각했던 것과는 다른 것이 많아서 배울게 많았다. 역시 혼자 익히는 것에는 한계가 있겠는데… 무슨 좋은 수가 없을까?"

지혁은 자신이 혼자 수련을 하니 문제가 많다는 것을 이번에 확실하게 깨달았다.

그래서 그런 자신을 이끌어 줄 수 있는 스승이 있었으면 하는 생각이 들었지만 그의 빈약한 인맥으로는 찾기가 지난했다. 게다가 한국의 전통 무예 계승자들은 개인 지도를 거의 하지 않는 것이 문제였다.

전통 무예는 일인전승이라고 하여 알려주지도 않아서 배우기도 힘들었고 배움을 가지기 위해서는 몇 년간 하루의 대부분을 쏟아 부어야 하기에 동생을 돌보고 사업을 하는 지혁의 입장에서는 따를 수 없기도 했다.

"우선은 인터넷으로 구할 수 있는 것을 먼저 구해보고 따로 무예에 대한 책이 있는지를 찾아보자. 고대의 무예서가 모두 사라지지는 않았을 것이니 말이다."

지혁은 좋게 생각을 하였고 본격적으로 무예를 익히기 시작했다.

비록 스승은 구하지 못했지만 그동안 어설프게 배운 무예들도 이번에 다시 익히면서 자신의 몸에 익숙하게 만들었고, 무예서를 구할 수 있는지도 여러 곳에 의뢰를 하여 알아보았다.

지혁이 본격적으로 무예를 익히려고 하였지만 그게 그렇게 쉬운 일이었으면 누구나 할 수가 있었을 것이다.

지혁도 나름 노력을 하고 있지만 몸에 익숙하게 하는 것이 그리 쉬운 일은 아니었다.

드드드!

"무슨 일이야?"

전화를 한 인물은 바로 필용이었다.

―내가 아는 동생이 집안에서 내려오는 무예서가 있다고

연락이 와서 전화를 걸었다.

지혁은 필용에게도 무예서를 구할 수 있으면 구해달라는 말을 하였지만 솔직히 기대는 하지 않고 있었는데 필용이 어떻게 했는지는 모르지만 무예서를 구한 모양이었다.

"지금 가지고 있냐?"

─아니. 지금 가지고 오는 중이니 내일 만나서 줄게. 그런데 무예서를 보고 확실한 물건이면 보상해 줘야 한다.

지혁은 남의 것을 공짜로 가지고 싶지 않아 무예서를 구하면 그에 합당한 돈을 주겠다고 약속해 주었다.

물론 물건을 먼저 확인하고 나서 주기로 했고 말이다.

"그거는 걱정하지 않아도 되니 물건만 확실한 것으로 보여줘."

필용도 지혁이 돈이 많다는 것은 알고 있었다.

그리고 작은 돈에 찌질하게 굴지 않을 놈이란 걸 알고 있어서 이번에 알고 있는 모든 인맥을 동원하여 무예서를 구한 것이다.

─알겠다. 그러면 동생이 도착하는 내일 만나도록 하자.

무예서를 확인하면 바로 그 자리에서 지불하겠다고 약속을 하였기에 하는 소리였다.

"그래, 그렇게 하자."

지혁은 말은 담담하게 하고 있지만 지금 속으로는 엄청

기뻐하고 있는 중이었다.

자신이 배우고 있는 것은 인터넷에 떠돌고 있는 것들로 진정한 무예라고 할 수는 없는 것들이었다.

나름대로 노력해서 지금의 실력을 가질 수 있었지만 나중에 진정한 고수를 만나게 되면 상당히 위험해질 수도 있다고 생각했다.

"무예서가 확실하다면 돈이야 얼마든지 줄 수가 있지."

지금은 돈보다는 무예서가 중요하다고 생각하고 있었다.

실력만이 자신을 지켜줄 수 있는 유일한 수단이라고 생각이 들어서였다.

일본의 무인들과 대련을 하고 나서는 더욱 무술 수련에 적극적으로 하고 있는 지혁이었다.

다음 날, 지혁은 필용의 연락을 기다리고 있었다.

드드드!

"어디냐?"

막상 조급한 심정과는 다르게 아주 느긋하게 말하는 지혁이었다.

―지금 사무실로 가려는 중이다.

"최대한 빨리 와라. 빨리 확인하고 어디를 가야 하니 말이다."

―아, 알았다. 최대한 빨리 갈게.

필용은 지혁이 다른 일이 있지만 이미 선약을 하여 기다리고 있는 것으로 오해하고 있었다.

그런 오해로 인해 지혁은 조금 빠르게 필용을 만나게 되었다.

필용이 도착을 하자 지혁은 손을 내밀었다.

"줘봐."

"마실 물도 주지 않고 물건을 보여 달라고 하냐?"

"까불고 있네. 나 정말 시간이 없어서 그러니 빨리 줘봐."

필용은 지혁이 진짜로 그런 것이라고 생각이 들어 품에서 책을 꺼내 주었다.

책은 제법 오래된 것으로 보였다. 지혁은 안의 내용을 확인했다.

안에 있는 내용을 확인한 지혁은 지금 상당히 놀라고 있는 중이었다.

지금 자신이 보고 있는 책은 무예서가 확실했고 과거 무인들이 익히는 운기법과 박투술, 그리고 검법이 있었다.

자신이 익히고 있던 박투와 검술은 지금 보고 있는 책의 내용과는 정말 천지 차이라는 것을 느끼게 해주고 있어 내심 정말 기쁘고 놀라는 중이었다.

가장 놀란 것은 바로 운기법이 아직 그대로 실존하고 있다는 것이다.

지혁은 놀란 표정을 감추고 담담하게 물었다.

"내용을 보니 이거 완전히 뜬구름 잡는 내용이라… 이거 정말 무예서가 확실한 거냐?"

필용도 무예서라고 하여 안의 내용을 보기는 했기에 그 내용을 어느 정도는 알고 있었다.

다만 무슨 소리인지를 모를 요상한 글만 쓰여 있어 아무리 보아도 의미를 알 수가 없었다.

"그렇기는 하지만 집안에 대대로 내려오는 무예서라고 해서 가지고 온 거야."

"이거 골동품의 가치는 있지만 무예서라고 하기는 조금 그런 것 같은데. 안 그래?"

지혁이 이러는 이유는 무예서를 자신이 가지고 있다는 소문이 나지 않기를 바라는 마음에서였다.

나중에 무슨 문제가 생기게 되면 골치가 아플 수도 있다는 생각이 들어 필용에게 미리 선수를 치는 중이었다.

필용은 이미 자신도 확인했던 것이라 지혁의 말을 믿지 않을 수가 없었다.

"그거 가지고 온 동생이 기대를 많이 하던데… 어떻게 하냐?"

필용도 힘들게 구한 것이라 그냥 보내기가 곤란한 모양
이었다.

지혁은 그런 필용을 보며 말했다.

"동생이 힘들게 사는 모양인데 이거는 골동품 이상의 가
치는 없는 것으로 보여서 천만 원 이상은 줄 수가 없을 것
같다. 그거라도 받으려면 주고."

필용의 동생은 무예서를 가지고 오면서 한 오백만 원 정
도는 받을 수가 있을 것이라는 생각을 하고 있었고 그 이야
기를 이미 필용에게도 해주었다. 안의 내용을 해석할 수 없
기에 그런 것이다.

그런데 지혁은 천만 원을 줄 수가 있다고 하니 필용의 입
장에서는 대환영이었다.

"그렇게 해주면 나야 고맙지. 대신에 내가 다음번에는 확
실하게 무예서를 구해 보도록 할게."

"그래, 알았으니 그 친구 계좌나 불러봐."

필용은 이미 적어서 가지고 왔는지 품에서 작은 쪽지를
보여주었다.

지혁은 쪽지에 있는 계좌로 바로 돈을 입금해 주었다.

"나는 약속이 있어 먼저 나가야 하는데, 너는 어떻게
할래?"

"나도 가야지. 내일부터는 다시 무예서를 찾아봐야 하니

말이다."

"그래, 그러면 먼저 가라."

필용을 보내고 지혁은 무예서를 가지고 바로 수련실로 들어가서 문을 잠궜다. 그리고 그 내용을 본격적으로 탐독하기 시작했다.

지혁은 어려서부터 한문을 배웠기에 책에 나와 있는 내용을 보는 것은 그리 어렵지가 않았다.

영어는 못했지만 신기하게도 한문은 어려서부터 아주 쉽게 알아보았기 때문이다.

지혁이 책의 내용을 보니 일반인이 보기에는 완전히 뜬구름을 잡는 내용이었지만 자신과 같이 무예를 익히는 사람이라면 어느 정도는 책의 진가를 알아볼 수가 있었다. 천재적으로 변한 머리도 내용을 해석하는데 한 몫하고 있었다.

운기법을 보니 인체의 혈에 대해 아주 자세하게 나와 있었다.

지혁은 운기법을 보면서 완전 자신이 대박이 났다고 생각이 들었다.

"하하하, 아직 운기법이 남아 있는지는 몰랐는데 이제는 본격적으로 수련을 할 수가 있을 것 같다."

이 무예서만 익혀도 일본의 무인들과 대련하는 데에는 충분하다는 생각이 들었다.

무예서의 내용을 보면 아주 자세하게 설명이 나와 있어 혼자서도 충분히 익힐 수가 있었기 때문이다.

지혁은 그렇게 무예서를 익히기 시작했다.

이미 내기를 몸에 간직하고 있는 지혁이었기에 운기를 하면서 자신의 내기는 금방 느끼게 되었다.

아직 움직이는 것이 힘들었지만 말이다.

"운기법을 사용하니 나의 몸에 내기가 있다는 것을 느낄 수가 있었다. 나는 그 실험으로 인해 몸에 내기를 가지게 된 것일까? 아니면 수련을 하면서 내기를 가지게 된 것일까?"

지혁은 실험체로 있을 때부터 이런 강력한 힘을 가지게 되었기 때문에 그 실험으로 인해 내기를 가지게 되었다고 생각했지만, 한편으로는 수련을 통해 자연적으로 만들어진 것일 수도 있다고 생각했다.

"일본의 그놈들에게는 나와 비슷한 실험을 한 대상이 많을 것이다. 이런 힘을 가지고 있는 자가 얼마나 있을지 모르니 최대한 힘을 길러서 놈들을 상대해야겠다. 우선은 몸에 익숙해지는 것이 먼저이니 운기를 하며 수련을 해야겠다."

지혁은 수련하는 방식을 정했고 내용을 암기하고 나서 책을 없애 버렸다.

　누군가가 와서 훔쳐 갈 수도 있는 귀한 것을 가지고 있을 필요가 없다는 생각이 들어서였다.

『땡잡은 남자』 2권에 계속…

데일리 히어로

FUSION FANTASTIC STORY

인기영 장편 소설

DAILY
HERO

지금까지 이런 영웅은 없었다!

『데일리 히어로』

꿈과 이상을 가진 평.범.한. 고딩 유지웅.
하지만……
현실은 '빵 셔틀'일 뿐.

그러던 어느 날, 유지웅의 앞에 나타난 고양이.
그(?)로 인해 모든 것이 바뀌었다.

선행! 선행! 그리고 또 선행!
데일리 히어로 유지웅의 선행 쌓기 프로젝트!

전혁 新무협 판타지 소설
FANTASTIC ORIENTAL HEROES

왕후장상

1

2

『월풍』, 『신궁전설』의 작가 전혁이 전하는
유쾌, 상쾌, 통쾌 스토리, 『왕후장상』!

문서 위조계의 기린아 기무결.
사기 쳐서 잘 먹고 잘살던 그에게 날벼락이 떨어졌다.
바로 녹슨 칼에서 나온 오천만 냥짜리 보물지도!

기무결에게 내려진 숙제,
오천만 냥을 찾아라!

그러나 꼬인 행보 끝 도착한 곳은 동창의 감옥이었으니……

"으아악! 이게 뭐야!! 무림맹이 왜 여기 있는 거야!"

천하제일거부를 향한 기무결의
끝없는 도전이 시작된다!

Book Publishing CHUNGEORAM

 유쾌이 아닌 자유추구 -
WWW.chungeoram.com

용마검전

FANTASY FRONTIER SPIRIT

김재한 판타지 장편 소설

「폭염의 용제」, 「성운을 먹는 자」의 작가 김재한!
또다시 새로운 신화를 완성하다!

사악한 용마족의 왕 아테인을 쓰러뜨리고
용마전쟁을 끝낸 용사 아젤!

그러나 그 대가로 받은 것은 죽음에 이르는 저주.
아젤은 저주를 풀기 위해 기나긴 잠에 빠져든다.

그로부터 220년 후……

긴 잠에서 깨어난 아젤이 본 것은
인간과 용마족이 더불어 살아가는 새로운 세상이었다.

Book Publishing CHUNGEORAM

꿈을이 아닌 자유추구 -
WWW.chungeoram.com

허담 新무협 판타지 소설

FANTASTIC ORIENTAL HEROES

검은별

하늘아래 모든 곳에 있고,
결코 사라지지 않는다.

세상은 그들을 멸사하지만,
세상의 모든 야망가가 은밀히 거래한다.

선과 악이 어우러지고,
어둠과 밝음이 서로를 의지하듯
세상의 빛 그 아래 존재하는 자들.

무수한 별이 빛을 잃어 어둠을 먹고사는
검은 별이 되어 살아가는,
그리하여 세상 모든 사람이 두려워하는…

그들은 유령문이다!

Book Publishing CHUNGEORAM

연재 사이트 베스트 1위!
어디에서도 볼 수 없었던 천재 의사가 온다!

『메디컬 환생』

언제나 실패만 거듭해 온 의사 진현,
그런 그에게 찾아온 인연의 끈이 있었으니.

"다시 삶을 살면… 어떤 삶을 살고 싶으신가요?"

다시 한 번 주어진 인생
이번엔 반드시 성공하리라!

Book Publishing CHUNGEORAM

유행이 아닌 자유추구 -
WWW. chungeoram.com